Sherlock Holmes

2

The Sign of Four

셜록 홈즈 전집 2
네 사람의 서명

초판 1쇄 펴냄 2012년 7월 10일
개정판 4쇄 펴냄 2019년 11월 25일

지은이 아서 코난 도일
옮긴이 바른번역
감수 박광규
펴낸이 하진석
펴낸곳 코너스톤
주소 서울시 마포구 독막로3길 51
전화 02-518-3919
ISBN 979-11-956573-2-2 04840

셜록 홈즈
전집

2

Sherlock   Holmes

네 사람의 서명

아서 코난 도일 지음
바른번역 옮김 박광규 감수

코너스토
Cornerstone

Contents

네 사람의 서명

1 - 추리의 과학 • 009

2 - 사건 진술 • 023

3 - 해결책 모색 • 033

4 - 대머리 남자의 이야기 • 041

5 - 폰디체리 저택의 비극 • 057

6 - 셜록 홈즈의 현장 검증 • 069

7 - 통에 얽힌 일화 • 084

8 - 베이커 스트리트 이레귤러스 • 102

9 - 끊어진 고리 • 118

10 - 원주민의 최후 • 134

11 - 위대한 아그라의 보물 • 150

12 - 조너선 스몰의 기묘한 이야기 • 160

네 사람의 서명

The Sign of Four

*Sherlock
Holmes*

1
추리의 과학

셜록 홈즈는 벽난로 한쪽 구석에서 약병을 집어 들고, 말끔한 모로코가죽 케이스에서 피하 주사기를 꺼냈다. 길고 억센 하얀 손가락으로 가느다란 바늘을 만져보더니 왼쪽 소매를 걷어 올렸다. 잠시 생각에 잠긴 듯 홈즈의 시선은 힘줄이 불거진 팔뚝과 바늘 자국이 수두룩하게 남아 있는 손목으로 향했다. 홈즈는 결국 바늘을 팔에 찌르고 작은 피스톤을 꾹 눌렀다. 만족스러운 듯 긴 숨을 내쉬며 벨벳 안락의자 깊숙이 몸을 기댔다.

몇 개월째 나는 하루 세 번 이 광경을 지켜봤지만 홈즈의 행동을 이해할 수 없었다. 오히려 날이 갈수록 더 거슬리고, 밤마다 내 용기가 부족해 홈즈를 말리지 못했다는 생각에 양심의 가책을 느꼈다. 내 생각을 말해야 한다고 다짐하고 또 다짐했다. 하지만 내 친구에게는 함부로 뭐라 말할 수 없게 만드는 홈즈만의 냉정하고 침착한 분위기가 있다. 홈즈의 뛰어난 재능과 노련한 실력 그리고 경험으로 확인한 특별한 자질들 때문에 나는 더욱 모르는 척 주저하게 되었다.

그런데 그날 오후, 점심때 마신 본 와인 때문인지 아니면 홈즈의 극도로 신중한 태도에 더 화가 났는지, 나는 불현듯 더는 잠자코 있을 수 없다고 느꼈다.

"오늘 그건 뭔가?" 내가 물었다. "모르핀? 아니면 코카인?"

고딕 활자로 인쇄된 낡은 책을 보고 있던 홈즈가 힘없이 고개를 들며 말했다.

"코카인이야. 7퍼센트 용액이지. 한번 해볼 텐가?"

"아니, 됐네." 내가 퉁명스럽게 말했다.

"나는 아직 아프가니스탄 전쟁 때 입은 부상에서 완전히 회

복되지 않았어. 그러니 몸을 더 혹사시키면 안 된단 말이야."

거칠게 말하는 나를 보고 홈즈가 웃으며 말했다.

"왓슨, 자네 말이 맞을지 몰라. 나도 코카인이 몸에 안 좋을 거라고 생각하네. 하지만 정신을 맑게 하고, 엄청난 활기를 불어넣어 준다는 걸 안 이상 부작용쯤이야 사소한 문제지."

"하지만 생각 좀 해봐." 내가 진심으로 충고했다. "그 대가를 따져보라는 말이야. 자네 말처럼 코카인 때문에 자네 뇌는 자극을 받고 흥분할 수 있어. 하지만 그건 병적이고 소름끼치는 변화라고. 더 많은 세포들이 변형을 일으켜 돌이킬 수 없는 손상을 남길 거란 말일세. 부정적인 효과는 자네도 이미 겪어봐서 알고 있잖아. 하등 이로울 게 없다고. 도대체 왜 타고난 훌륭한 재능을 잃을 수도 있는 짓으로 덧없는 쾌락을 좇는 거지? 나는 지금 단지 동료로서가 아니라, 자네 몸 상태를 진단할 수 있는 의사로서 얘기하는 거니까 명심해."

홈즈의 감정이 상한 것 같지는 않았다. 오히려 대화가 재미있다는 듯 의자 팔걸이에 팔꿈치를 올려놓고 양쪽 손가락 끝을 맞댔다.

"내 머리는 말이야." 홈즈가 말했다. "가만히 있는 걸 못 견디어 하지. 그러니 문제가 필요해. 내게 일을 줘. 가장 풀기 어려운 암호나 아주 복잡한 분석 문제를 주면 나는 원래 상태로 돌아갈 거야. 그러면 코카인 같은 인위적인 자극제는 없어도 되겠지. 나는 지루한 일상을 혐오해. 고양된 정신 상태를 갈망하지. 그런 이유에서 이런 특별한 직업을 택했고 말이야. 아니 만

들어냈다고 하는 편이 낫겠군. 나 같은 사람은 세상에 또 없으니까."

"자네 같은 사설탐정이 또 없다고?" 내가 눈썹을 치켜뜨며 물었다.

"자문해주는 사설탐정은 내가 유일하지." 홈즈가 말했다. "수사에 관한 한 내가 마지막이자 가장 높은 단계에 있지. 그레그슨이나 레스트레이드, 애설니 존스 같은 형사들이 감당할 수 없는 사건을 맡게 되면 나를 찾아오거든. 그들 수준이 그 정도밖에 안 되는 걸 어쩌겠나. 아무튼 나는 전문가로서 자료를 검토하고, 전문적인 의견을 제시하지. 그렇다고 내 덕분에 사건들이 해결됐다고 공을 내세우지는 않아. 내 이름이 신문에서 거론되는 일도 없지. 이 일을 한다는 자체, 내 독특한 재능을 발휘할 수 있는 분야를 발견하는 즐거움이 가장 큰 보상이니까. 자네는 제퍼슨 호프 사건 때 내가 일하는 방식을 겪어봤잖아."

"그럼, 알지." 내가 호의적으로 말했다. "살면서 그때처럼 충격적이었던 적은 없었어. 오죽하면 내가 그때 일을 '주홍색 연구'라는 기막힌 제목의 책으로까지 썼겠나."

홈즈는 어두운 표정으로 고개를 저었다.

"내가 죽 훑어봤는데, 솔직히 잘했다고 입에 발린 소리는 못 하겠어. 수사는 빈틈없는 과학이고, 또 그래야만 하거든. 그래서 수사는 과학처럼 냉정하게 감정을 배제하고 해야 하지. 그런데 자네는 수사에 로맨티시즘을 가미하려고 했더군. 결국 자네가 마치 연애소설이나 뜬금없는 유클리드의 제5공리에 대해 쓴 것만큼이나 이상해졌지 뭔가."

"하지만 그때 로맨스가 있었던 건 맞잖아." 내가 반박했다. "없는 사실을 지어내지는 않았다고."

"덮어두어야 할 사실도 있는 법이지. 아니면 적어도 사실을 다룰 땐 균형 감각을 보여줘야 한단 말이야. 그 사건에서 언급할 만한 것은 딱 한 가지였어. 결과에서 원인을 찾아내는 나의 놀라운 분석 추리법! 그 덕분에 사건을 해결할 수 있었거든."

홈즈를 기쁘게 하려고 특별히 계획했던 작업인데, 이렇게 혹평을 듣고 보니 나는 기분이 언짢아졌다. 솔직히 말하면, 내 글을 온통 홈즈의 뛰어난 실력 이야기로 채워야 마땅하다고 말하는 듯한 홈즈의 이기적인 태도에 화가 났다. 몇 년 동안 홈즈와 베이커 스트리트에 함께 살면서 은근히 가르치려 드는 성향에 약간의 허영이 숨어 있다고 느낀 게 한두 번이 아니었다. 그래도 아무 얘기 않고 잠자코 앉아 부상당한 다리를 어루만졌다. 나는 아프가니스탄 전쟁에서 다리에 관통상을 입는 바람에, 걷지 못할 정도는 아니지만 날씨가 조금만 흐려도 심하게 쑤신다.

"최근 내 활동 반경이 대륙까지 확대됐네." 홈즈가 브라이어 뿌리로 만든 낡은 파이프에 담배를 채워 넣으며 말했다. "지난주에 프랑수아 르 빌라르에게 자문을 해줬거든. 자네도 알겠지만 최근 프랑스 수사계에서 두각을 나타내고 있는 친구지. 켈트 사람 특유의 빠른 직관력을 지녔지만, 지식이 정확하

거나 폭넓지는 않더군. 수사 실력을 좀 더 높은 수준으로 끌어
올리려면 그게 필수적인데 말이야. 빌라르가 맡은 사건은 유
언장에 얽힌 것이었어. 몇 가지 흥미로운 면이 있었지. 빌라르
에게 참고할 만한 사건 두 가지를 알려줬다네. 하나는 1857
년 리가에서, 다른 하나는 1871년 세인트루이스에서 벌어진
사건인데, 빌라르가 실마리를 얻어 사건을 해결하지 않았겠
나. 자, 이게 오늘 아침 빌라르가 고맙다는 표시로 보내온 편지
야."

홈즈는 내게 구겨진 이국적인 편지지 한 장을 툭 던졌다. 나
는 힐끔 내려다보았다. 얼핏 봐도 "굉장한", "숙달된 솜씨", "고
난도 실력" 등 프랑스 남성의 열렬히 존경하는 마음이 담긴 찬
사들이 눈에 띄었다.

"마치 스승을 대하듯 편지를 썼군." 내가 말했다.

"그래, 내 도움을 과대평가하고 있어." 홈즈가 가볍게 말했
다. "빌라르 자신도 상당한 재능을 지니고 있으면서 말이야.
빌라르는 최고의 탐정에게 필요한 세 가지 자질 중에 관찰력
과 추리력 두 가지를 갖췄어. 나머지 하나는 지식인데, 시간이
지나면 지식도 갖추게 되겠지. 빌라르는 지금 내 책들을 프랑
스어로 옮기고 있거든."

"자네 책이라니?"

"아니, 자네 몰랐나?" 홈즈가 웃으며 큰 소리로 말했다. "내
가 전문 서적을 몇 권 썼지. 모두 전문적인 주제를 다루고 있
어. 예를 하나 들면 《다양한 담뱃재의 구분에 관하여》가 있지.

그 책에서 나는 시가와 담배, 파이프 담배 150종을 설명하고, 각각의 재의 특징을 보여주는 칼라 도판도 제시했어. 담뱃재는 범죄를 다루는 재판에 증거물로 끊임없이 등장하고, 때로는 가장 결정적인 단서가 되기도 하니까. 예를 들어 어떤 살인 사건 용의자가 범행 당시 인도산 룬카를 피우고 있었다는 걸 알면, 수사 대상을 확실히 좁힐 수 있지. 훈련된 사람 눈에는 인도산 트리치노폴리의 검은 재와 살담배의 솜털같이 하얀 재가 양배추와 감자만큼이나 뚜렷하게 구분되거든."

"자네는 사소한 부분에서 남다른 천재성을 보이는군." 내가 말했다.

"나는 사소한 것들이 중요하다고 생각해. 발자국 추적에 관한 책도 있는데, 자국을 보존하기 위해 석고를 이용하는 방법도 언급해뒀어. 직업이 손 형태에 미친 영향을 다룬 흥미진진한 책도 있지. 슬레이트공, 선원, 코르크 절단공, 식자공, 직조공, 다이아몬드 연마공의 손을 보여주는 도판도 넣었어. 실제 과학 수사에 엄청난 도움을 줄 수 있는 내용이거든. 시신의 신원을 확인하거나 용의자의 전력을 파악할 때 아주 유용하지. 그런데 나만 재밌자고 자네를 지치게 만든 모양이군."

"전혀 그렇지 않아." 나는 진심이었다. "내게도 대단히 흥미로운 이야기인걸. 자네가 그런 것들을 실제로 적용하는 모습을 직접 눈으로 본 다음부터는 특히 더 그렇지. 그런데 말이야, 자네가 좀 전에 관찰과 추리가 중요하다고 했는데, 그 둘이 의미상 약간 겹친단 말이지."

"아니, 그렇지 않아." 홈즈가 안락의자에 아주 편한 자세로 기대어 짙푸른 담배 연기를 뻐끔뻐끔 피워 올리며 말했다. "예를 들어 자네가 오늘 아침 위그모어 스트리트 우체국에 다녀왔다는 건 관찰을 통해 알 수 있지. 거기서 전보를 보냈을 거라는 점은 추리를 통해 파악했고."

"맞아!" 나는 깜짝 놀랐다. "둘 다 사실이야. 그런데 그걸 어떻게 알았지? 계획에 없이 불쑥 그렇게 한 거였는데. 아무에게도 말하지 않았고."

"간단하지." 나의 놀란 표정에 홈즈가 낄낄 웃으며 말을 이었다. "너무 단순해서 설명이 필요 없는 문제지만, 관찰과 추리의 경계를 구분하는 데 도움이 될 테니 설명해볼게. 나는 관찰을 통해 자네 신발에 묻은 소량의 붉은 흙을 발견했어. 우체국 바로 앞에서 보도블록을 뜯어내고 흙을 파내는 공사가 한창이라 우체국에 들어가려면 흙을 밟지 않을 수 없지. 내가 아는 한 이 동네에서 그렇게 붉은 흙은 거기밖에 없지. 여기까지가 관찰을 통해 파악한 부분이고 나머지는 추리한 거야."

"그럼 내가 전보를 친 건 어떻게 추리했나?"

"그거야 내가 오전 내내 자네 맞은편에 앉아 있었는데, 자네가 편지 쓰는 걸 못 봤거든. 말끔히 정리된 책상에는 우표와 엽서 꾸러미도 그대로 있고. 그러니 자네가 우체국에 간 이유가 전보를 치는 것 말고 뭐가 있을 수 있겠나? 아닐 것 같은 요인들을 모두 제외하면 남은 한 가지가 진실인 법이지."

"이번 경우에는 확실히 자네 말이 맞아." 잠시 생각해보고 내가 말했다. "하지만 자네 말마따나 이건 아주 단순한 문제야. 자네 이론들을 좀 더 어려운 문제로 검증해봐도 괜찮겠나?"

"물론이지." 홈즈가 선뜻 대답했다. "그렇게 한다면 코카인을 한 번 더 맞지 않아도 될 거야. 자네가 어떤 문제를 내든 기꺼이 풀어보겠네."

"자네가 말한 대로라면 누군가 일상적으로 사용하는 물건에는 그 사람의 특징을 나타내는 흔적이 남게 마련이라 단련된 관찰자는 그걸 읽어낼 수 있겠지. 자, 여기 최근에 내 수중에 들어온 시계가 하나 있네. 이 시계의 전 소유자가 어떤 성격이나 습관을 가졌는지 얘기해줄 수 있겠나?"

홈즈에게 시계를 건네주며 나는 속으로 약간의 재미를 느꼈다. 홈즈가 절대로 이 문제를 풀 수 없을 거라 생각하며, 내 친구가 이따금씩 내뱉는 독단적인 말투를 고치는 기회가 되길 내심 기대했다. 홈즈는 손바닥에 시계를 올려놓고 무게를 가늠해본 다음 문자판을 꼼꼼히 들여다보았다. 뒤판을 열고 부품들도 살펴보았다. 처음에는 맨눈으로 보다가 나중에는 고배율의 볼록 렌즈를 들이댔다. 마침내 시계를 돌려받았을 때, 홈즈의 의기소침한 표정을 보고 나는 웃음이 나는 걸 가까스로 참았다.

"정보가 거의 없군." 홈즈가 말했다. "최근에 시계를 청소해서 정보가 될 만한 흔적들이 대부분 사라졌어."

"자네 말이 맞아. 내 손에 들어왔을 때 이미 말끔히 손질된

상태였지." 나는 이렇게 말하며 홈즈가 가장 설득력 없고 무능해 보이는 변명들로 자신의 실패를 덮으려 하고 있다고 생각했다. 청소 안 한 시계였던들 정보를 얻어낼 수 있었을까?

"만족스러울 정도는 아니지만 소득이 전혀 없었던 건 아니야." 홈즈가 꿈을 꾸는 듯 흐릿한 눈으로 천장을 올려다보며 말했다. "지금부터 틀린 부분이 있으면 언제든 말해주게. 내가 판단하기로는 이 시계는 자네 형이 아버지에게 물려받아 갖고 있던 거야."

"뒤판에 적힌 H. W.라는 글자를 보고 하는 소리지?"

"어느 정도는 그렇지. W가 자네 집안 성과 같으니까. 이 시계는 50년 가까이 된 물건이고, 이니셜도 그만큼 오래전에 새겨졌어. 그러니 그 글자는 우리 윗세대를 가리키는 거지. 보석은 보통 장남이 물려받고, 장남은 아버지와 같은 이름을 쓸 확률이 높아. 내 기억이 틀리지 않다면 자네 아버지는 오래전에 돌아가셨어. 그러니 이 시계는 자네 큰형이 갖고 있었지."

"맞아, 지금까지는. 다른 건 또?" 내가 물었다.

"자네 형은 단정치 못한 사람이었어. 아주 단정치 못하고 조심성도 없고. 전도유망했지만 기회를 날려버리고 가난하게 살았어. 잠깐씩 풍요로웠던 적도 있는데, 결국 술독에 빠져 죽고 말았지. 내가 알 수 있는 건 이게 다야."

나는 의자에서 벌떡 일어났다. 어쩔 줄 몰라 절룩절룩 방 안을 맴돌았다. 가슴에 쓰라림을 느끼며 내가 말했다.

"홈즈, 이건 자네답지 않은 짓이야. 자네가 이 정도로 형편

없을 거라고는 생각 못 했네. 내 불쌍한 형이 살아온 이야기를 뒷조사해놓고는 추리로 기막히게 알아낸 척하다니. 자네가 이모든 걸 형의 낡은 시계를 통해 알아냈다고 하면 내가 믿을 것같은가. 이건 아주 무례한 짓이야. 솔직히 속임수라고."

"친애하는 왓슨 선생." 홈즈가 달래듯 말했다. "내가 사과할게. 심오한 문제로만 여긴 나머지 자네에게 얼마나 사적이고 가슴 아픈 일일지 미처 생각 못 했네. 하지만 단언컨대 그 시계를 보기 전까지 나는 자네에게 형이 있다는 사실조차 몰랐어."

"그렇다면 대체 어떻게 이 모든 사실을 알아낸 거지? 자네가 말한 모든 게 완벽한 사실이란 말이야."

"그거야 운이 좋았던 게지. 나야 가능성을 고려해 얘기했을 뿐 모든 게 맞을 거라고 기대하지는 않았어."

"그렇다고 자네가 어림짐작으로 안 건 아니잖아?"

"절대 아니지. 나는 막연한 추측을 하지 않아. 그건 논리적으로 추리하는 능력을 망가뜨리는 나쁜 습관이거든. 자네가 이상하게 느끼는 건 나처럼 사고하는 데 단련되지 않았고, 중요한 의미가 담겨 있는 사소한 정보들을 제대로 관찰하지 않기 때문이지. 예를 들어 내가 처음에 자네 형이 조심성 없다고 말했지. 그 시계 외관 아래쪽을 잘 관찰해보면 두 군데 움푹들어간 부분과 전체적으로 긁힌 자국들이 많은 게 보일 거야. 시계와 동전, 열쇠 같은 것들을 같은 주머니에 넣고 다녔다는 증거지. 이런 고급 시계를 그 정도로 무신경하게 다뤘다면 분명 조심성 없는 사람일 거라고 추리하는 건 어렵지 않아. 그렇게 가치 있는 물품을 물려받은 남자라면 다른 면에서도 꽤 풍족했을 거라고 보는 것도 억지스럽지 않고."

홈즈의 추리 방법을 이해했다는 표시로 나는 고개를 끄덕였다.

"영국의 전당포 주인들은 흔히 시계가 들어오면 케이스 안쪽에 뾰족한 걸로 접수 번호를 새겨두지. 번호가 지워지거나 바뀔 위험이 없으니까 꼬리표를 다는 것보다 훨씬 유용하거든. 내 돋보기로 들여다보면 케이스 안쪽에 그런 번호가 네 개나 보여. 자네 형님이 종종 돈에 쪼들렸다는 추리가 가능하지. 또 하나 추정해볼 수 있는 건 형님이 이따금 큰돈을 벌 때도 있었다는 거야. 그렇지 않았으면 맡겨놓은 시계를 영영 되찾지 못했을 테니까. 마지막으로 시계 안쪽에 태엽 감는 구멍을 살펴봐. 구멍 주위에 태엽 감개가 빗나가서 생긴 수천 개의 홈집들을 보라고. 맑은 정신이라면 누가 그렇게 많은 상처를 냈겠나? 반면에 술주정뱅이들의 시계는 대부분 그렇지. 형님은 밤마다 태엽을 감았고, 술 때문에 손이 떨리니까 그런 자국들을 남긴 거라고. 지금까지 얘기한 것 중에 미덥지 않은 게 있나?"

"아니, 아주 명확해." 나는 홈즈에게 사과했다. "내가 잘못했어. 자네의 비범한 능력을 좀 더 신뢰했어야 했는데 말이야. 현재 수사 중인 사건이 있는지 물어봐도 되겠나?"

"없어. 그러니까 코카인을 맞는 거지. 나는 머리를 쓰지 않으면 살 수가 없거든. 그것 말고 살 이유가 뭐가 있겠나? 이쪽 창가에 서봐. 세상이 이토록 지루하고, 음울하고, 헛된 적 있었어? 길 저쪽으로 노란 안개가 빙빙 돌아가다가 회갈색 집들 사이로 떠가는 걸 보라고. 이보다 더 끔찍하게 따분하고 무미건조할 수 있을까? 재능이 있다 한들 써먹을 데가 없으면 무슨 소용 있나, 왓슨 선생? 범죄도 진부하고, 사는 것도 진부해. 진부하지 않은 자질을 써먹을 데가 없는 세상이라니."

홈즈의 긴 열변에 대꾸를 하려는데, 노크 소리가 들렸다. 하숙집 주인 허드슨 부인이었다. 놋쇠 쟁반에 명함을 하나 들고 들어와 홈즈에게 건네며 말했다.

"홈즈 씨, 젊은 아가씨 한 분이 찾아왔어요."

"메리 모스턴 양이라…" 홈즈가 명함을 보고 말했다. "기억에 없는 이름인데. 올라오라고 해주세요, 부인. 가지 말게나, 왓슨 선생. 자네가 함께 있어주면 좋겠어."

2
사건 진술

모스턴 양은 당당하고 침착한 모습으로 걸어 들어왔다. 금발에 체구가 작고 가냘픈 숙녀는 장갑까지 완벽하게 갖춰 끼고 있었다. 다만 화려하지 않고 소박한 차림에서 형편이 풍족하지 않다는 것을 짐작할 수 있었다. 회색빛이 도는 진한 베이지색 드레스에 레이스나 수술 같은 장식은 달려 있지 않았다. 모스턴 양이 머리에 쓴 작은 모자도 색깔이 어둡기는 마찬가지였다. 그나마 옆에 하얀 깃털이 달려 있어서 조금 나았다. 얼굴은 이목구비가 반듯하거나 피부가 곱지는 않았지만, 상냥하고 정감 있는 표정이었다. 커다랗고 푸른 두 눈은 아주 기품있고 인정이 많아 보였다. 세 개의 대륙에 걸쳐 여러 나라에서 많은 여자들을 겪어보아 왔지만, 이토록 품위 있고 세심할 것같다는 생각이 들게 하는 얼굴은 처음 보았다. 홈즈의 안내를받아 자리에 앉은 모스턴 양은 입술과 손을 부들부들 떨었다. 심리적으로 매우 불안할 때 나타나는 징후였다.

"제가 홈즈 선생님을 찾아온 이유부터 말씀드리면." 모스턴 양이 입을 열었다. "선생님이 일전에 세실 포리스터 부인 댁 문제를 해결해주신 적이 있다고 들었습니다. 제가 그 집에서 일하고 있는데, 부인께서 선생님의 실력과 친절함에 깊은 감명을 받으셨더군요."

"세실 포리스터 부인이라." 홈즈가 이름을 되뇌며 골똘히 생각했다. "제가 도움을 드렸던 게 생각나네요. 아주 간단한 문제였던 걸로 기억합니다만."

"부인은 그렇게 생각하지 않으십니다만, 어쨌든 제가 말씀 드리려는 사건은 절대 간단하다고 말씀하시지 못할 거예요. 제가 처한 상황보다 더 기묘하고 이해할 수 없는 일은 상상하기 어려우니까요."

홈즈는 눈을 반짝이며 두 손을 비비면서 몸을 앞으로 기울였다. 매처럼 날카롭고 선명하게 생긴 얼굴에는 집중할 때의 표정이 나타났다. "사건을 진술해보시죠." 말투가 딱딱하고 사무적이었다.

나는 문득 그 자리에 있는 게 어색하다고 느꼈다. "그럼 저는 실례하겠습니다." 내가 자리에서 일어서자 놀랍게도 모스턴 양이 장갑 낀 손을 들어 만류했다. "괜찮으시다면 친구분께서도 함께 있어주시면 정말 감사하겠습니다." 내가 다시 의자에 앉자 모스턴 양이 진술을 시작했다.

"간단히 말씀드리면 이렇습니다. 제 아버지는 인도 주둔 연대의 장교로 계셨고, 저는 아주 어릴 때 영국으로 보내졌어요. 어머니는 돌아가셨고, 영국에는 일가친척이 아무도 없었습니

다. 다행히 저는 에든버러에 있는 쾌적한 기숙 시설에 들어갔고, 열일곱 살 때까지 그곳에서 지냈어요. 1878년에 당시 연대 고위 장교였던 아버지는 1년간 휴가를 받아 영국에 오셨어요. 아버지는 런던에서 제게 전보를 쳐 안전하게 도착했으니 즉시 런던으로 오라고 하시며 랭엄 호텔의 주소를 남기셨어요. 제가 기억하기로 아버지의 메시지는 다정하고 사랑으로 가득 차 있었어요. 저는 런던에 도착해 랭엄 호텔로 갔죠. 호텔에 도착해보니 투숙자 명단에 모스턴 대위가 있기는 한데, 전날 밤에 나가서 돌아오지 않았다는 거예요. 종일 기다렸지만 아버지 소식을 듣지 못했죠. 그날 밤 호텔 매니저의 권유로 경찰에 상황을 알리고, 다음 날 아버지를 찾는 신문 광고를 냈어요. 하지만 아무 소득이 없었어요. 그날 이후 지금까지 가엾은 제 아버지 소식을 한마디도 듣지 못했어요. 아버지가 런던에 오실 때는 평온하고 안락하게 지낼 수 있을 거라는 희망에 부풀어 계셨을 텐데, 그러기는커녕….”

모스턴 양은 말을 잇지 못했다. 울음을 참느라 손으로 입을 막았다.

“그게 언제였습니까?” 홈즈가 수첩을 펼치며 물었다.

“1878년 12월 3일에 사라지셨어요. 거의 10년 가까이 됐어요.”

“부친의 짐은요?”

“호텔에 남아 있었지만 단서가 될 만한 건 없었어요. 옷가지와 책 몇 권, 그리고 안다만 제도(벵골 만 동부에 있는 인도령 섬들—옮긴이)에서 가져온 꽤 많은 양의 진기한 물건들이 전부였어요. 아버지는 안다만 제도에서 교도소 경비 대대를 지휘하는 장교 중 한 명이셨거든요."

"런던에는 아버님 친구분이 안 계신가요?"

"제가 알기로는 딱 한 분 계세요. 숄토 소령이라고, 봄베이 34 보병 연대에서 함께 복무하셨어요. 숄토 소령은 일찍 퇴역하신 뒤 어퍼노우드에서 살고 계셨어요. 당연히 그분께도 연락해봤지만, 아버지가 영국에 돌아오셨다는 사실조차 모르고 계셨어요."

"희한하군요." 홈즈가 말했다.

"정말 희한한 점은 아직 말씀드리지 않았답니다. 지금으로부터 6년 전, 정확히 1882년 5월 4일에 있었던 일이에요. 일간지 〈타임스〉에 저에게 도움을 주고 싶다며 제 소재지를 묻는 광고가 실렸어요. 누가 낸 광고인지 이름이나 주소는 밝히지 않았고요. 마침 제가 세실 포리스터 부인 댁에 가정교사로 들어갔을 때라 부인의 조언을 받아 신문 광고란에 제 주소를 내보냈어요. 그런데 바로 그날 우편을 통해 작은 상자가 배달됐는데, 안에 반짝반짝 빛나는 큼지막한 진주가 들어 있었어요. 편지 같은 건 없었고요. 그 뒤로 매해 같은 날 진주가 담긴 상자가 배달되었지만 보낸 사람을 알 수 있는 단서는 없었어요. 전문가 말로는 아주 희귀한 진주라서 값어치가 상당하다고 해요. 직접 한번 보세요. 아주 아름다워요." 모스턴 양이 납작한 상자를 열자, 지금껏 한 번도 본 적 없는 크고 아름다운 진주 여섯 알이 들어 있었다.

"아주 흥미롭군요." 홈즈가 말했다. "또 다른 일은 없었나요?"

"있었어요. 그것도 바로 오늘 아침에 말이에요. 그래서 이렇게 찾아온 거예요. 오늘 아침 이 편지가 도착했는데, 직접 읽어 보시는 게 좋을 것 같아요."

"그렇죠. 봉투도 같이 주시겠어요?" 홈즈가 말했다. "소인은 런던 남서부, 날짜는 7월 7일. 음, 모서리에 남자 지문이 있는데 우편배달부가 그랬겠지. 최상급 종이군. 한 묶음에 6펜스짜리 봉투라니. 문구 하나도 아주 까다롭게 고르는 남자군. 주소는 없고.

오늘 저녁 7시, 라이시엄 극장 입구의 왼쪽에서 세 번째 기둥으로 나오세요. 의심스러우면 친구 두 명과 함께 와도 좋습니다. 당신은 부당한 대우를 받았으니 반드시 정당한 보상을 받아야 합니다. 경찰에는 연락하지 마세요. 그렇게 되면 모든 게 수포로 돌아갑니다.

― 익명의 친구로부터

정말 대단히 희한한 일이군요. 어쩔 생각인가요, 모스턴 양?"

"제가 여쭙고 싶은 말이에요."

"그럼 우리가 함께 가봐야겠군요. 당신과 저 그리고 아! 왓슨 선생도 함께 갑시다. 편지를 보낸 이가 친구 두 명과 와도 좋다고 했으니. 왓슨과 저는 전에도 함께 일한 적이 있거든 요."

"하지만 친구분이 함께 가주실까요?" 모스턴 양이 애원하는 듯한 표정으로 말했다.

"기꺼이 가겠습니다." 내가 열의를 갖고 말했다. "제가 도움 이 된다면요."

"두 분 다 정말 친절하시군요." 모스턴 양이 말했다. "그동안 사교적이지 못했던 터라 함께 가자고 할 친구가 없거든요. 제 가 6시까지 이곳으로 다시 오면 될까요?"

"더 늦지만 않으시면 됩니다." 홈즈가 말했다. "그런데 한 가 지 더 궁금한 게 있습니다. 이 편지 글씨체가 진주 상자에 적 힌 주소의 글씨체와 동일한가요?"

"그것도 가져왔어요." 모스턴 양이 종이 여섯 장을 꺼내 보 였다.

"정말 모범적인 의뢰인이군요. 좋은 직감을 가졌어요. 한번 봅시다." 홈즈는 종이들을 탁자 위에 늘어놓고 눈을 빠르게 움 직이며 하나하나 살펴보았다. "편지는 자기 필체로 적었지만, 주소를 적을 때는 일부러 다른 필체로 위장했군."

얼마 지나지 않아 홈즈가 말했다.

"하지만 한 사람이 쓴 게 분명합니다. 보세요, 여기 그리스 체로 쓴 'e'는 튀어 나갈 것처럼 힘이 느껴지잖아요. 그리고 's' 의 끝 부분을 감아올린 걸 보세요. 모두 한 사람 글씨체가 확 실해요. 헛된 희망을 드리고 싶지 않습니다만, 모스턴 양, 혹시

이 글씨체가 아버지 글씨체와 비슷한가요?"

"아뇨, 전혀 다릅니다."

"그럴 줄 알았어요. 그럼 6시에 만납시다. 괜찮으시다면 이 종이들은 제가 갖고 있도록 하죠. 그때까지 좀 더 살펴보겠습니다. 아직 3시 30분밖에 안 됐군요. 그럼 또 봅시다."

"이따 뵙겠습니다." 모스턴 양은 밝고 다정한 눈빛으로 홈즈와 나를 번갈아 바라보며 인사했다. 진주가 든 상자를 가슴에 안은 모스턴 양은 서둘러 방을 나섰고, 나는 창가에 서서 모스턴 양이 씩씩하게 걸어가는 모습을 바라보았다. 모스턴 양의 회색빛 모자에 달린 하얀 깃털이 우중충한 군중들 사이에서 점이 될 때까지 나는 눈을 떼지 못했다.

"정말 매력적인 여자야!" 나는 홈즈에게 돌아서며 말했다.

홈즈는 파이프에 불을 붙이고 의자에 기대 눈을 감으며 말했다. "모스턴 양이?" 나른한 말투였다. "제대로 못 봤는데."

"자네는 정말 사람이라기보다는 계산하는 기계 같은 냄새가 나. 가끔 자네가 정말 감정이 없다고 느껴진다니까."

내가 목소리를 높여 말하자 홈즈는 조용히 웃으며 입을 열었다. "그게 최우선적으로 중요한 문제니까. 판단을 내릴 때는 인간적인 면들에 휘둘리지 않아야 해. 내게 의뢰인은 그저 사건을 이루는 하나의 단위이자 요소일 뿐이야. 감정에 휩싸이면 논리적인 추리를 할 수 없거든. 내 말을 못 믿는 모양인데, 내가 아는 가장 아름다운 여성은 보험금을 노리고 자식 셋을 독살해 교수형에 처해졌다네. 반대로 내 지인 중 가장 혐오스럽게 생긴 남성은 자선 사업가로 활동하면서 런던의 빈민들을 위해 25만 파운드 가까이 내놓았지."

"하지만 이 경우는….".

"내게 예외란 없어. 예외가 하나라도 있다는 건 법칙을 부정하는 거니까. 자네, 글씨체로 사람 성격을 파악해본 적 있나? 이 사람 글씨를 보면 어떤 생각이 드는지 말해보게."

"읽기 쉽게 또박또박 썼군." 내가 대답했다. "사무적이면서 기백도 좀 있을 것 같은데."

홈즈는 고개를 절레절레 저었다.

"긴 활자들을 봐. 그렇지 않은 것들과 별반 차이가 없잖아. 'd'는 'a' 같고, 'l'은 'e'와 구분이 잘 되지 않아. 기개 있는 사람들은 아무리 글씨를 엉망으로 써도 긴 활자는 확실히 구별해 쓴다고. 'k'에서는 우유부단함이 느껴지는 반면, 대문자에서는 자부심이 엿보여. 나는 잠시 나갔다 오겠네. 알아볼 게 몇 가지 있어. 그전에 자네에게 이 책을 추천해주고 싶은데 말이야. 윈우드 리드의《인간의 순교》지. 내가 최고로 꼽는 책 중 하나야. 한 시간 뒤에 돌아오겠네."

나는 홈즈가 권해준 책을 들고 창가에 앉았다. 하지만 작가의 참신한 견해 같은 건 머릿속에 들어오지 않았다. 내 생각은 온통 모스턴 양의 미소와 성량이 깊고 풍부한 목소리 그리고 그 숙녀의 삶을 감도는 알 수 없는 희한한 사건으로 채워졌다. 아버지가 사라졌을 당시의 나이가 열일곱 살이었다면 지금은 스물일곱, 참 좋은 나이다. 스스로 젊다고 느낄 때는 지나고, 경험을 통해 다소 진지해질 나이다. 이런 위험한 생각이 들 때까지 공상에 빠져 있던 나는 부리나케 책상으로 가서 최근에 나온 병리학에 관한 논문을 맹렬히 파고들었다. 나는 어떤 사람인가. 군의관 출신에 다리가 허약하고, 통장 잔고는 더 빈약하다. 그런데 감히 어떻게 이런 생각을 하고 있는 거지? 모스턴 양은 하나의 단위이고 요소일 뿐 그 이상도 이하도 아니다. 내 미래가 캄캄하다면 남자답게 맞서야지, 그깟 환상에 기대 미래를 밝히려 해서는 안 된다.

3
해결책 모색

홈즈는 5시 반이 조금 지나서 돌아왔다. 표정이 밝은 데다 의욕이 넘치고 사기가 충만해 보였다. 홈즈에게서 극도의 우울증 증세와 번갈아 나타나는 감정 상태다.

"이번 사건도 특별히 어려운 점은 없어." 내가 따라준 차를 마시며 홈즈가 말했다. "여러 사실들을 모두 설명해줄 수 있는 건 딱 한 가지야."

"뭐? 자네 벌써 사건을 해결한 건가?"

"글쎄, 그렇게 말하기는 좀 이르지. 단서가 될 만한 사실을 하나 발견했을 뿐이니까. 다만 아주 결정적인 단서가 될 만하지. 세부적인 건 더 알아봐야 하지만. 〈타임스〉 지난 호를 뒤져보다가 어퍼노우드에 사는 봄베이 34 보병 연대 출신 숄토 소령이 1882년 4월 28일 사망했다는 걸 확인했어."

"내가 둔한 건지 몰라도 전혀 감을 못 잡겠어, 홈즈. 그게 왜 단서가 되는지 이해가 안 되는데."

"모르겠다고? 놀랍군. 그럼 이렇게 생각해보게. 모스턴 대위가 사라졌어. 대위가 런던에서 만날 가능성이 있는 사람은 숄 토 소령이 유일하지. 하지만 숄토 소령은 모스턴 대위가 런던 에 왔다는 소식조차 듣지 못했다고 했네. 4년 뒤 숄토 소령이 죽었어. 그로부터 일주일이 안 되어 모스턴 대위의 딸에게 고 가의 선물이 배달되기 시작하더니, 매해 거듭되어오다가 오늘 급기야 편지가 한 통 도착했네. 모스턴 양이 부당한 처지에 있 다고 하면서. 그 부당하다는 게 아버지를 잃은 것 말고 뭘 의 미하겠나? 그리고 그 선물들이 왜 하필 숄토 소령이 사망한 직 후에 배달되기 시작했을까? 숄토 소령의 상속자들이 이 사건 에 대해 뭔가 알고 모스턴 양에게 보상하려는 의도에서가 아 니라면 말이야. 우리가 아는 모든 사실들을 설명해줄 수 있는 다른 논리가 있을까?"

"하지만 보상이라는 게 좀 이상하잖아. 방법도 희한하고. 또 편지를 왜 지금 보냈을까? 6년 전에 보내지 않고 말이야. 게다 가 편지에 정당한 보상이 어쩌고 했는데, 대체 어떻게 하면 모 스턴 양에게 정당한 거지? 모스턴 대위가 아직 살아 있을 가능 성은 희박한 것 같은데 말이야. 모스턴 양에게 그보다 더 부당 한 건 없지 않은가."

"난해한 점들이 있어. 확실히 그렇지." 홈즈가 수심에 잠겨 말했다. "하지만 오늘 밤 나갔다 오면 모두 해결할 수 있을 거 야. 아, 모스턴 양이 탄 마차가 도착했군. 자네 나갈 준비되었 나? 얼른 내려가자고. 6시가 넘었어."

나는 모자와 함께 가장 묵직한 지팡이를 챙겼다. 홈즈는 서

랍에서 권총을 꺼내 주머니에 넣었다. 오늘 밤에 심상치 않은 일이 벌어질 수도 있다고 생각하는 게 분명했다.

모스턴 양은 어두운 색 망토를 두르고 있었다. 표정이 침착했지만 낯빛은 창백했다. 모스턴 양도 여자인데 이처럼 이상한 일을 맞닥뜨리고도 불안감을 느끼지 않을 수 없었을 것이다. 그럼에도 여인은 완벽한 자제력을 발휘하면서 홈즈의 몇 가지 질문에도 막힘없이 대답했다.

"숄토 소령은 아버지와 아주 각별한 사이였어요. 편지마다 소령 이야기로 가득했지요. 아버지와 그분은 안다만 제도에서 군대를 지휘하면서 함께 보낸 시간이 많았거든요. 그런데 아버지 책상에서 이해할 수 없는 종이 한 장을 발견했어요. 중요한 것 같지는 않습니다만, 한번 보시라고 가져왔어요. 이거예요."

홈즈는 종이를 조심스럽게 펼쳐 무릎 위에 올려놓고 부드럽게 접힌 자국을 폈다. 그런 다음 이중 렌즈를 꺼내 아주 꼼꼼하게 구석구석 살펴보며 말했다.

"인도산 종이군요. 핀으로 판에 꽂아뒀던 흔적이 있어요. 여기에 그려진 그림은 건물 도면의 일부 같아요. 방이 여러 개에 회랑과 복도도 있는 큰 건물이네요. 한쪽 지점에 붉은색 잉크로 표시한 작은 십자가가 있고, 그 위에는 연필로 '왼쪽에서 3.37'이라고 적힌 게 흐릿하게 남아 있군요. 왼쪽 귀퉁이에는 신기하게 생긴 상형 문자 같은 게 있는데, 십자가 네 개를 나란히 붙여놓은 형상이에요. 그 옆에는 아주 거칠고 투박한 글씨체로, '네 사람의 서명―조너선 스몰, 마호메트 싱, 압둘라 칸, 도스트 아크바르'라고 쓰여 있군요. 이번 사건과 무슨 상관이 있는지는 잘 모르겠지만 중요한 자료인 건 확실합니다. 지갑 속에 고이 보관해뒀군요. 앞뒷면이 모두 깨끗한 걸 보면 알 수 있죠."

"맞아요. 아버지 지갑 속에 들어 있었어요."

"그렇다면 잘 보관해두세요, 모스턴 양. 필요할 때가 있을 겁니다. 이 사건이 처음 생각한 것보다 훨씬 심오하고 난해할 거라는 느낌이 들기 시작했습니다. 지금껏 생각해왔던 것들을 모두 재검토해야 할 것 같군요." 홈즈는 마차 의자에 등을 기댔다. 찡그린 눈썹과 공허한 눈빛에서 생각에 깊이 잠겼음을 알 수 있었다. 모스턴 양과 나는 낮은 목소리로 우리의 모험과 그 결과가 어떻게 될지에 대해 이야기를 나눴다. 하지만 홈즈는 목적지에 도착할 때까지 완전히 자기만의 생각에 빠져 있었다.

9월의 저녁, 종일 날씨가 음침하던 터라 아직 7시도 안 되었는데 도시 전체가 이슬비 같은 짙은 안개에 휩싸였다. 진흙투성이가 된 거리 위로 진흙 빛깔 구름이 구슬프게 드리웠다. 스트랜드 스트리트의 가로등은 빛이 번져 부연 점들로 보였고, 질퍽한 보도 위에 동그라미 모양으로 희미하게 빛을 떨어뜨렸다. 상점 진열창에서 나온 노란 불빛은 수증기 가득한 공기 속으로 흘러 들어가 붐비는 대로를 흐릿하게 비추었다. 좁은 창으로 지나치는 사람들을 보면서 기괴스럽고 유령 같다는 생각이 들었다. 슬픈 표정, 기쁜 표정, 초췌한 얼굴, 쾌활한 얼굴 들이 끊임없이 스쳐 지나갔다. 인간의 숙명이 그러하듯 사람들은 어두운 곳에서 밝은 곳으로, 그리고 다시 어두운 곳으로 움직였다. 나는 그다지 감상적인 편이 아닌데도 점점 초조하고 우울해졌다. 정체를 알 수 없는 이를 만나러 가고 있는 우리의 처지와 어둡고 습한 저녁 공기가 맞물려 더 그런 것 같았다. 모스턴 양의 표정에서 나와 똑같은 감정을 느끼고 있음을 알 수 있었다. 유독 홈즈만 아무렇지 않아 보였다. 무릎에 수첩을 펼쳐놓고 이따금씩 작은 손전등을 비추며 숫자나 글자를 기록했다.

　라이시엄 극장에 도착하니 이미 많은 사람이 양옆에 난 입구로 드나들고 있었다. 극장 앞에는 이륜마차와 사륜마차들이 덜컹덜컹 달려와 사람들을 내려놓기 바빴다. 정장을 잘 차려입은 신사들과 숄을 두르고 다이아몬드 반지를 한 숙녀들이 마차에서 내렸다. 우리가 약속 장소인 세 번째 기둥에 다다르자, 기다렸다는 듯 자그마한 체구에 피부가 까무잡잡한 마부 차림의 남자가 다가와 말을 걸었다.

　"혹시 모스턴 양 일행이신가요?"

"제가 모스턴이에요." 모스턴 양이 대답했다. "이 두 분은 제 친구 자격으로 오셨고요."

남자는 미심쩍다는 듯 우리를 뚫어져라 쳐다보았다. "죄송합니다만 모스턴 양." 남자가 약간 완고한 말투로 물었다. "이 두 분이 경찰이 아니라고 맹세하실 수 있겠습니까?"

"맹세할 수 있어요." 모스턴 양이 대답했다.

남자가 날카롭게 휘파람을 불자, 거리를 떠도는 아이 한 명이 사륜마차를 끌고 와 문을 열었다. 남자는 마부석에 올라타고, 우리는 안쪽에 자리를 잡았다. 우리가 앉자마자 남자는 채찍을 휘두르고, 마차는 맹렬한 속도로 안개 자욱한 거리를 달려갔다.

참으로 기묘한 상황이었다. 알 수 없는 일로 의문의 장소를 향해 달려가고 있었으니 말이다. 이 초대는 완벽한 장난일 수도 있지만 그건 상상하기 어렵고, 아주 중요한 사안이 걸려 있다고 생각할 만한 이유가 충분했다. 모스턴 양은 한결같이 침착하고 결연한 태도를 보였다. 나는 우리 의뢰인의 기운을 북돋우고 즐겁게 해주려고 아프가니스탄에서의 모험담을 들려주었다. 하지만 솔직히 나 자신이 당시 상황에 너무 긴장하고 목적지가 어디일지에 신경이 곤두서 있었던 터라, 이야기에 집중하지 못하고 엉망으로 말하고 말았다. 지금도 모스턴 양은 이날 내가 아주 감동적인 일화를 들려주었다며, 칠흑 같은 밤에 장총이 나타나 내가 잠자고 있던 텐트 안을 들여다보자 내가 새끼 호랑이를 발사했다는 이야기를 한다(원래 새끼 호랑이가 텐트 안을 들여다보자 자신이 호기롭게 장총으로 쏘았다고 했어야 하는데, 왓슨이 긴장한 나머지 장총과 새끼 호랑이를 뒤바꿔 말했다—옮긴이). 처음에는 우리가 가는 방향을 알 수 있었다. 그러나 마차가 너무 빠르게 달리고 안개까지 낀 데다, 내가 런던 지리를 잘 모르는 탓에 금세 방향 감각을 잃었다. 우리가 아주 멀리 가고 있다는 것 외에는 아무것도 알 수 없었다. 하지만 홈즈는 달랐다. 마차가 덜컹거리며 광장을 가로지르고, 구불구불한 뒷골목을 들고 날 때마다 그 이름을 중얼거렸다.

"로체스터 스트리트, 지금은 빈센트 광장. 이제 박스홀 다리로 들어서는군. 서리 쪽으로 가고 있는 게 분명해. 그렇지, 이럴 줄 알았어. 이제 다리 위야. 강을 볼 수 있겠군."

우리 옆으로 정말 템스 강이 빠르게 스쳐 지나갔다. 가로등 불빛이 넓고 고요한 강물을 비추고 있었다. 마차는 계속해서 돌진해 강 건너편 미로처럼 복잡한 거리로 들어섰다.

"윈즈워스 로드." 홈즈가 말했다. "프라이어리 로드. 라크홀 레인. 스톡웰 플레이스. 로버트 스트리트. 콜드 하버 레인. 우리의 목적지가 상류층이 사는 동네는 아닌 것 같군."

홈즈의 말대로 우리는 으스스하고 수상쩍은 동네에 도착했다. 우중충한 벽돌집들이 길게 줄지어 있고, 모퉁이 술집들에서 촌스럽게 번쩍이는 불빛이 그나마 안도감을 주었다. 그곳을 지나자 앞에 작은 화단이 딸린 이층집들이 이어졌다. 그리고 다시 새로 지은 듯한 벽돌 건물들이 끝없이 펼쳐졌다. 마치 대도시에서 내몰린 괴물의 촉수 같았다. 마침내 마차는 새로운 단지 내 세 번째 집 앞에서 멈췄다. 다른 집들은 모두 비어 있었다. 우리가 멈춰선 집 역시 주방 창에 비치는 불빛 외에는 다른 집들처럼 어두웠다. 우리가 노크를 하자 바로 문이 열리고, 헐렁한 흰옷에 노란색 어깨띠를 두르고 같은 색 터번을 쓴 힌두교도 하인이 모습을 드러냈다. 흔하디흔한 교외 삼류 주택 현관에 떡 하니 서 있는 동양인이라니, 어쩐지 희한하고 부자연스러웠다.

"나리께서 기다리십니다." 사내가 말했다. 그사이 안에서 크고 날카로운 목소리가 들렸다. "안으로 모시고 와, 키트무트가 (남자 하인을 가리키는 인도어—옮긴이). 얼른 모시고 오라고!"

4
대머리 남자의 이야기

우리는 인도인 하인을 따라 들어갔다. 복도는 조명이 밝지 않고 가구 배치는 더 엉망이라 지저분하고 볼품없었다. 복도 끝에 이르자 하인은 오른쪽 방문을 열었다. 우리를 향해 노란 불빛이 쏟아졌다. 환한 빛 한가운데 목이 유난히 긴, 키 작은 남자가 서 있었다. 얼굴 주위로 짧은 빨간색 머리카락이 삐죽삐죽 나 있고, 우뚝 솟은 정수리 부분은 반짝반짝 빛나는 대머리였다. 마치 전나무 숲에서 바라본 산봉우리 같았다. 남자는 서 있는 내내 손을 불안하게 움직였다. 얼굴 표정은 한시도 가만히 있지 못하고 웃었다가 찡그리기를 계속해서 반복했다. 아랫입술이 축 늘어져 고르지 못한 누런 이가 도드라져 보였다. 그걸 의식했는지 남자는 손으로 자꾸만 얼굴 아랫부분을 만졌다. 머리가 훤히 벗겨지긴 했어도 나이가 많아 보이지는 않았다. 알고 보니 갓 서른을 넘긴 나이였다.

"반갑습니다, 모스턴 양." 남자는 가늘고 높은 목소리로 같은 말을 반복했다. "반갑습니다, 신사분들. 제 작은 성소로 들어오세요. 줍지만 저만의 취향대로 꾸민 곳이랍니다. 사막같이 황량한 런던 남부에 예술적인 오아시스가 생긴 셈이죠."

남자의 방에 들어섰을 때 우리는 모두 깜짝 놀랐다. 그렇게 형편없는 집 내부에 이런 공간이라니, 구리 반지에 최고급 다이아몬드를 박아놓은 듯 어울리지 않았다. 벽은 온통 대단히 번지르르하고 화려한 커튼과 태피스트리로 장식되었다. 이쪽, 저쪽, 커튼을 젖힌 곳에는 그림이나 동양의 도자기가 화려한 받침대 위에 놓여 있었다. 황갈색과 검은색으로 된 양탄자는 두껍고 부드러워서, 기분 좋게 폭신한 느낌이 마치 이끼를 밟는 것 같았다. 양탄자 위에 깔린 커다란 호랑이 가죽 두 개와 한쪽 구석에 천을 깔고 올려놓은 물 담뱃대가 동양의 호화스러운 분위기를 풍겼다. 천장 한가운데는 비둘기 모양의 은제 조명이 보일 듯 말 듯한 금줄에 매달려 있었다. 조명에 불이 들어오자 신비로운 향이 방 안 가득 퍼졌다.

"새디어스 숄토." 키 작은 남자가 여전히 얼굴을 찡그렸다 웃었다 하면서 말했다. "제 이름입니다. 당연히 당신이 모스턴 양이겠군요. 그리고 이 신사분들은…."

"저는 셜록 홈즈입니다. 이쪽은 의사인 왓슨 선생이고요."

"의사 선생님이라고요?" 사내가 몹시 흥분해서 말했다. "그럼 청진기도 갖고 오셨나요? 괜찮으시다면… 제가 부탁을 하나 드려도 될까요? 제 심장 승모판에 심상치 않은 문제가 있다고 의심되거든요. 대동맥은 괜찮은 것 같은데, 승모판에 관해 선생님 의견을 듣고 싶습니다."

나는 남자가 요청한 대로 심장 소리를 들어보았다. 별다른 문제는 없었다. 다만 머리끝부터 발끝까지 심하게 떨고 있는 것으로 보아 불안에 따른 흥분 상태였다. "정상으로 보입니다." 내가 말했다. "걱정하지 않으셔도 됩니다."

"모스턴 양, 이해해주세요." 남자가 대수롭지 않다는 듯 말했다. "제가 몸이 상당히 안 좋습니다. 오랫동안 심장 판막에 문제가 있을 거라고 의심했는데, 괜한 걱정이었다고 하니 기쁘군요. 모스턴 양, 당신 아버지께서도 심장에 무리가 가지 않았더라면 지금도 살아 계셨을 거예요."

나는 하마터면 남자의 얼굴에 한 방 날릴 뻔했다. 그토록 민감한 문제를 그렇게 아무렇지 않게 툭 내뱉다니 순간 화가 치밀었다. 모스턴 양은 풀썩 주저앉아 버렸다. 얼굴이 입술까지 창백해졌다. "아버지가 돌아가셨을 거라고는 생각했어요." 모스턴 양이 말했다.

"제가 알고 있는 걸 전부 말해드리죠." 남자가 말했다. "뿐만 아니라 정당한 보상도 해드릴 수 있습니다. 바솔로뮤 형이 뭐라 하든, 전 그렇게 할 겁니다. 모스턴 양 친구분들까지 이렇게 와주셔서 참 좋습니다. 모스턴 양을 지켜줄 뿐만 아니라 제가 하려는 말과 행동의 증인이 되어줄 테니까요. 우리 셋이라면 바솔로뮤 형에게 당당히 맞설 수 있을 겁니다. 경찰이나 공무원 같은 외부인은 끌어들이지 맙시다. 우리끼리도 충분히 문제를 해결할 수 있으니까요. 바솔로뮤 형은 일이 외부에 알려지는 걸 가장 싫어하거든요." 남자는 낮고 긴 의자에 앉아 우리를 향해 뭔가 알고 싶다는 듯 수분 가득한 흐린 눈을 깜빡거렸다.

"당신이 무슨 말을 하든 누구에게도 말하지 않을 겁니다." 홈즈가 말했다. 나도 동의한다는 의미로 고개를 끄덕였다.

"좋습니다. 아주 좋습니다." 남자가 말했다. "모스턴 양, 키안티 와인 한잔 드시겠어요? 아니면 토카이 와인으로 할까요? 저는 다른 와인은 없습니다. 한 병 꺼낼까요? 싫으세요? 알겠습니다. 그러면 담배 연기는 괜찮으시겠죠? 동양 담배의 부드럽고 좋은 향을 한번 맡아보세요. 제가 좀 긴장했거든요. 제 물담배가 진정 효과 하나는 끝내줍니다." 남자가 커다란 물 담뱃대에 불 붙이개를 갖다 대자 장미수를 통해 거품처럼 연기가 보글보글 피어났다. 우리 셋은 숄토 주위에 둘러앉아 턱에 손을 괴고 상반신을 내민 채 그 모습을 지켜보았다. 목이 길고 머리는 반지르르해서 얼굴을 계속 씰룩거리는 이상한 남자는 불안한 듯 연신 담배를 뻐끔거렸다.

"모스턴 양과 만나 이야기를 나눠야겠다고 결심했을 때 바로 제 주소를 알려줄 수도 있었을 거예요." 남자가 말했다. "하지만 당신이 제 요구를 묵살하고 반갑지 않은 이들을 데려올까 봐 두려웠어요. 그래서 무례하지만 제가 데리고 있는 윌리엄스가 먼저 뵙고 모시고 오도록 조치했답니다. 윌리엄스는 믿어도 될 만큼 아주 신중하거든요. 뭔가 수상쩍다 싶으면 일을 더 진행시키지 말고 돌아오라고 지시했지요. 조심하려고 그런 거니 이해해주세요. 저처럼 취향이 고상한 사람에게 경찰만큼 불쾌한 건 없지요. 저는 거친 사람들을 보면 본능적으로 움츠러들어서 거의 접촉을 안 합니다. 보시다시피 제가 좀 우아하게 삽니다. 저 스스로는 예술 애호가라고 생각하는데, 그게 약점이기도 하죠. 저 풍경화는 코로의 진품입니다. 감정가들이 의심할 수도 있지만, 저쪽 그림은 살바토르 로사의 작품이고요. 저건 틀림없는 부그로의 작품입니다. 제가 요즘 근대 프랑스 화가들에 푹 빠져 있거든요."

"죄송합니다만, 숄토 씨." 모스턴 양이 말을 가로막았다. "용건이 있어서 저를 여기까지 부른 것으로 알고 있습니다. 시간도 늦었는데 되도록 짧게 말씀해주시면 좋겠군요."

"아무리 그래도 시간은 좀 걸릴 겁니다." 남자가 말했다. "왜냐면 우리 모두 노우드로 가서 바솔로뮤 형을 만나야 하거든요. 함께 가서 바솔로뮤 형을 이길 수 있을지 한번 해봐야지요. 형은 제가 옳다고 생각하는 이 방법을 아주 못마땅해해요. 그래서 단단히 화가 나 있답니다. 실은 지난밤에도 형과 언쟁을 했습니다. 형이 화를 내면 얼마나 무서운지 상상도 못 하실 겁니다."

"우리가 노우드까지 가야 한다면 당장 출발하는 게 좋겠군요." 내가 용기 내 말했다.

남자는 귀가 시뻘게지도록 웃어대더니 "그럴 수는 없어요" 하고 말했다.

"제가 여러분을 그런 식으로 갑작스럽게 모시고 갔다가는 형에게 무슨 소리를 들을지 몰라요. 그럴 수는 없습니다. 준비가 필요합니다. 지금 우리가 각자 어떤 처지인지 알아야 해요. 먼저 저조차도 알지 못하는 부분이 몇 가지 있다는 걸 알아두셨으면 합니다. 제가 아는 것들만 여러분께 말씀드리겠습니다.

여러분이 짐작하시는 것처럼 존 숄토 소령이 제 아버지입니다. 인도 군대에 복무하신 적이 있죠. 11년 전쯤 퇴역하셨고, 어퍼노우드 폰디체리 저택에서 지내셨어요. 인도에서 꽤 성공하셔서 돈도 많이 벌었고, 값비싼 골동품들과 함께 인도인 하인들까지 데리고 오셨지요. 그래서 집도 구입하고 아주 호화롭게 지내셨어요. 자식은 저와 쌍둥이 형 바솔로뮤뿐이고요.

저는 모스턴 대위 실종 사건을 또렷이 기억하고 있습니다. 신문 기사를 읽고 아버지와 친구 사이인 걸 알았거든요. 우리는 아버지 앞에서도 그 이야기를 공공연하게 했어요. 모스턴 대위가 어떻게 되었을지 우리가 이런저런 추측을 하면 아버지도 거들곤 하셨지요. 아버지가 그런 엄청난 비밀을 가슴에 품고 계실 거라곤 조금도 의심하지 않았어요. 아버지가 아서 모스턴 대위의 운명을 알고 있는 유일한 사람이라는 걸 말이죠.

하지만 아버지에게 뭔지 모를 이상한 점이 있다는 생각은 했어요. 상당한 위협을 느끼고 있는 것 같았죠. 아버지는 혼자 밖에 나가기를 아주 두려워하셨고, 프로 권투 선수 두 명을 고용해 항시 폰디체리 저택을 지키도록 했거든요. 오늘 여러분을 여기까지 모시고 온 윌리엄스가 그중 한 명입니다. 윌리엄스는 라이트 급 영국 챔피언 출신이죠. 아버지가 뭘 그렇게 두려워하는지 말씀하신 적은 없지만, 확실히 의족을 한 사람들에게 반감을 보이셨어요. 급기야 한번은 의족을 한 남자에게 권총을 쏘셨다니까요. 알고 보니 물건을 팔러 온 잡상인이었는데 말이에요. 그 일을 무마하느라 꽤 많은 돈이 들었습니다. 그때만 해도 형과 저는 아버지의 순간적인 착각 때문에 벌어진 일이라고 생각했는데, 그 뒤로 많은 일을 겪으면서 우리 생각이 틀렸다는 걸 알게 되었지요.

1882년 초, 아버지는 인도에서 온 편지를 읽고 큰 충격을 받으셨어요. 아침 식사를 하던 중이었는데 편지를 보고 기절하실 뻔했으니까요. 그날 이후로 아버지는 시름시름 앓으셨어요. 편지에 무슨 내용이 적혔는지는 알 수 없었습니다만, 아버지가 들고 있을 때 얼핏 내용이 길지 않고 휘갈겨 쓴 글씨체인건 봤어요. 아버지는 전부터 비장 비대증을 앓고 계셨는데, 그날 이후로 병세가 급격히 악화돼 4월 말로 접어들 무렵 가망이 없다는 선고를 받았죠. 아버지는 우리 형제와 마지막으로 말씀을 나누고 싶어 하셨어요.

우리가 방에 들어갔을 때, 아버지는 베개 여러 개에 몸을 기대고 앉아 힘겹게 숨을 쉬고 계셨어요. 문을 잠그고 침대 양쪽으로 가까이 오라 하시더군요. 저희 손을 잡고는 놀라운 이야기를 들려주셨습니다. 중간중간 통증이 심해지거나 감정이 격해져 말을 잇지 못하셨어요. 아버지가 말씀하신 그대로 여러분께 들려드리겠습니다.

'이 중요한 순간에 마음을 짓누르는 것이 하나 있다' 하고 아

버지가 말씀하셨어요. '내가 모스턴의 가엾은 딸에게 몹쓸 짓을 했어. 내가 가진 보물의 절반은 그 아이의 몫인데, 그놈의 저주받은 탐욕 때문에 지금껏 독차지하고 있으면서 죄를 지었구나. 그 보물들을 혼자 다 써버릴 것도 아니었으면서…. 탐욕이 이토록 사람을 눈멀게 하고 어리석게 만들다니. 그저 뭔가 가졌다는 느낌이 너무 좋은 나머지 다른 사람과 공유하고 싶지 않았어. 키니네병 옆에 놓인 진주 화관을 보렴. 그 아이에게 보낼 생각으로 꺼내 놓고는 끝내 포기가 안 되더구나. 아들들아, 너희가 그 아이에게 아그라(타지마할이 있는 인도 중북부 도시―옮긴이)의 보물들을 공정하게 나눠주어라. 다만 내가 죽기 전에는 절대 안 된다. 저 진주 화관조차도. 어쨌거나 이렇게 상태가 나빴다가 회복하는 사람도 있으니까 말이다. 모스턴 대위가 어떻게 죽었는지 얘기해주마' 하고 아버지가 계속 말씀하셨어요. '모스턴 대위는 오랫동안 심장에 문제가 있었지만, 아무에게도 말하지 않아 나만 알고 있었단다. 인도에서 우리는 많은 놀라운 일을 겪고 상당한 보물을 손에 넣었지. 내가 그걸 영국으로 가져왔고, 모스턴 대위는 런던에 도착한 날 밤 곧장 내게 찾아와 자기 몫을 달라고 했어. 역에서부터 걸어온 대위를 지금은 죽고 없는 충직한 랄 초우다가 안으로 모셨어. 모스턴과 나는 보물 분배를 놓고 의견 차이를 보였고, 언쟁까지 벌였어. 모스턴은 화가 솟구쳐 의자에서 일어섰는데, 갑자기 옆구리를 부여잡고 안색이 어둡게 변하더니 뒤로 쓰러지더구나. 그때 머리를 서랍 모서리에 부딪혔어. 내가 다가갔을 땐 끔찍하게도 이미 숨이 끊어진 뒤였지.

　나는 반쯤 정신이 나간 상태로 어떻게 해야 할지 몰라 한참을 앉아 있었어. 물론 처음에는 도움을 구하려고 했지. 하지만 여러 정황상 내가 살인자로 몰릴 거라는 생각이 들었어. 모스턴이 나와 언쟁을 하다 죽었다는 점이나 모스턴의 머리에 난 상처가 나에게 불리하게 작용할 게 뻔했지. 게다가 공식적인 조사에 들어가면 보물 얘기가 드러나지 않을 수 없지 않겠니. 그것만은 꼭 비밀로 지키고 싶었는데 말이야. 생각해보니 모스턴이 그랬거든. 자기가 이곳에 온 사실은 아무도 모른다고. 그러니 굳이 다른 사람에게 알릴 필요가 없겠다 싶었지.

　계속 이런저런 생각을 하다가 고개를 들어보니 하인 랄 초우다가 입구에 서 있지 뭐냐. 그 녀석이 조용히 들어와 문을 잠그고 말하더구나. '걱정 마세요, 나리. 나리가 그분을 죽인 걸 아무도 모르게 하겠습니다. 얼른 시신을 숨기죠. 그러면 누가 알겠어요.', '내가 죽이지 않았어.' 내가 말했지만 랄 초우다는 웃으며 고개를 저었어. '다 들었습니다, 나리. 두 분이 다투는 소리 그리고 한 방 날리는 소리까지 모두 들었습죠. 하지만 입 꼭 다물고 있겠습니다. 집안사람들 모두 자고 있으니 어서 시신을 치우시죠.' 녀석이 하는 말을 듣고 나는 그러기로 결심했단다. 내 하인조차 나의 결백을 믿어주지 않는데, 배심원석에 앉아 있는 어리석은 장사꾼 12명을 어떻게 납득시키겠냔 말이지. 나는 그날 밤 랄 초우다와 함께 시신을 처리했어. 그리고 며칠 안 돼 런던 일간지들에 모스턴 대위 실종 사건을 다룬 기사가 실렸지. 너희는 내 얘기를 들었으니 모스턴 대위의 죽음이 내 탓이 아니라는 걸 이해할 게다. 내가 잘못한 게 있다면 시신을 숨기고 보물도 감춘 채, 모스턴 양 몫까지 차지하고 있었다는 거지. 그러니 너희가 모두 바로잡아 주면 좋겠구나. 내 입에 귀를 가까이 대거라. 보물을 숨겨둔 곳은….' 그 순간 아버지 표정이 무섭게 변했어요. 눈을 휘둥그레 뜨고 입을 벌린 채 소리를 지르셨죠. 그때 아버지 목소리를 절대 잊지 못할 거예요. '저자를 내쫓아! 저자를 당장 내쫓으라고!' 형과 나는 아버지가 뚫어져라 쳐다보고 있는 창을 향해 뒤를 돌아봤어요. 어둠 속에서 누군가 우리를 들여다보고 있었어요. 유리창에 눌려 코가 하얘진 걸 볼 수 있었죠. 턱수염이 덥수룩한 얼굴에 아주 잔인한 눈빛과 악의를 품은 표정을 하고 있었어요. 형과 내가 창문으로 달려갔지만, 이미 사라지고 없었어요. 다시 침대 쪽으로 돌아섰을 때, 아버지는 고개를 떨어뜨린 채 숨을 거둔 상태였습니다.

우리는 그날 밤 정원을 수색했지만, 침입자의 흔적이라고는 창문 아래쪽 화단에 난 발자국 하나밖에 없었어요. 그 유일한 흔적도 없었더라면 우리는 아마 그 거칠고 험악한 얼굴이 상상 속 인물이라고 생각했을 겁니다. 하지만 곧 우리가 모르는 누군가가 우리 주위를 맴돌고 있다는 충격적인 증거가 나타났어요. 다음 날 아침 아버지 방 창문이 활짝 열려 있었지요. 누군가 선반과 상자들을 샅샅이 뒤지고 아버지 가슴에 찢어진 종이 한 장을 꽂아두었더군요. 휘갈겨 쓴 글씨로 '네 사람의 서

명'이라고 적혀 있었습니다. 그 말이 무슨 의미인지, 누가 왔다 갔는지 우리는 도무지 알 수 없었어요. 아버지 물건들을 다 뒤져보긴 했지만 가져간 것도 없었어요. 형과 나는 자연스럽게 그 괴상한 사건을 그동안 아버지가 두려워했던 일과 관련이 있을 거라고 생각했죠. 지금도 의문이 풀리지 않았습니다."

작은 남자는 말을 멈추고 물 담뱃대에 다시 불을 붙였다. 잠시 생각에 잠긴 듯 담배를 피워댔다. 우리는 남자의 엄청난 이야기에 압도되었다. 모스턴 양은 아버지 죽음에 대해 듣고 얼굴이 하얗게 질린 상태였다. 순간 나는 모스턴 양이 정신을 잃을까 염려돼 아무 말 않고 베네치아풍 유리병에 담긴 물을 한 잔 따라주었다. 모스턴 양은 그 물을 마시고 기운을 차렸다. 홈즈는 의자에 기대앉은 채 가늘게 뜬 눈을 반짝이며 뭔가 고민하는 듯한 표정을 지었다. 나는 홈즈를 보면서 어떻게 하필 이런 날 삶이 진부하다고 그토록 불평을 했을까 하는 생각을 했다. 이제 홈즈가 뛰어난 총기를 발휘해야 하는 문제가 하나 생긴 셈이다. 새디어스 숄토는 자신이 들려준 이야기가 대단히 충격적이었을 거라는 자만이 가득한 얼굴로 우리 세 사람의 표정을 살펴보았다. 이상하리만치 기다란 담뱃대를 입에 문 남자는 담배를 뻐끔거리며 다시 이야기를 시작했다.

"짐작하시겠지만, 형과 저는 아버지가 말씀하신 보물 이야기에 몹시 흥분했습니다. 몇 주, 아니 몇 달에 걸쳐 정원을 구석구석 파헤쳤지만 소득이 없었어요. 아버지가 보물이 숨겨진 장소를 말씀하시려던 찰나에 돌아가셨다는 걸 생각하면 미칠 노릇이었죠. 아버지가 꺼내 놓으신 진주 화관만으로도 숨겨진 보물들이 얼마나 대단할지 짐작할 수 있었어요. 진주 화관을 놓고 저는 형과 얘기를 나누었어요. 그 화관에 달린 진주의 가치가 엄청날 게 확실해 보였기 때문에 형은 남에게 주고 싶어 하지 않았죠. 우리끼리 얘기지만, 형은 아버지와 비슷한 단점을 가졌거든요. 형도 아버지처럼 진주 화관을 보내면 이런저런 말이 생겨나 결국 우리가 곤경에 처하게 될 거라고 생각했어요. 저는 겨우 형을 설득해서 모스턴 양의 주소를 알아내 일정한 간격을 두고 진주를 하나씩만 보내자고 했습니다. 그러면 모스턴 양이 궁핍하게 살지는 않을 거라고요."

"그렇게까지 생각해주셔서 감사합니다." 모스턴 양이 진심으로 말했다. "정말 좋은 분이시군요."

대머리 남자는 손사래를 치며 말했다. "당신 물건을 보관하고 있었을 뿐인 걸요. 바솔로뮤 형은 동의하지 않지만, 저는 그렇게 생각합니다. 우리는 지금도 돈이 많아요. 저는 더 바라지 않습니다. 더군다나 젊은 여성을 그런 식으로 야비하게 대하는 건 고약한 취미죠. '고약한 취미가 범죄로 이어진다'라는 프랑스 속담도 있잖아요. 제 생각을 아주 깔끔하게 표현한 말이죠. 이 문제로 형과 의견 차이가 너무 심한 나머지 저는 독립하기로 마음먹었습니다. 그래서 저 늙은 하인과 윌리엄스를 데리고 폰디체리 저택을 나왔어요. 그런데 어제 놀라운 일이 일어난 걸 알았습니다. 보물이 발견된 거예요. 그래서 바로 모스턴 양에게 연락을 했고, 이제 노우드로 가서 우리 몫을 요구

하는 일만 남았습니다. 어젯밤 바솔로뮤 형에게 제 생각을 얘기했으니 우리가 올 거라고 예상하고 있을 겁니다. 반기지는 않더라도 말이죠."

새디어스 숄토가 말을 멈추고 호화스러운 긴 의자에 앉아 얼굴을 씰룩거렸다. 우리는 아무 말 없이 보물을 찾았다는 말을 되새기며 앉아 있었다. 홈즈가 먼저 벌떡 일어섰다.

"숄토 씨, 지금까지 아주 잘하셨습니다." 홈즈가 말했다. "그 보답으로 당신이 모르는 몇 가지를 알려드릴 수도 있지만, 모스턴 양 말대로 시간이 너무 늦었습니다. 지체 말고 출발하는 게 좋겠습니다."

우리의 새로운 친구는 아주 조심스럽게 물 담뱃대 줄을 감고는 커튼 뒤에서 허리가 잘록하고 깃과 소매에 검은 양털이 달린 긴 외투를 꺼냈다. 한밤중인데도 남자는 단추를 빠짐없이 잠그고, 귀까지 덮는 토끼 가죽 모자를 쓰는 것으로 치장을 마무리했다. 그러고 나니 겉으로 드러난 곳은 씰룩거리는 수척한 얼굴뿐이었다. "제가 몸이 좀 약합니다." 새디어스 숄토가 앞장서서 복도로 나가며 말했다. "그래서 지나치다 싶을 정도로 건강을 염려하죠."

마차가 밖에서 우리를 기다리고 있었다. 우리가 타자마자 빠른 속도로 내달리는 걸로 봐서는 모든 게 미리 계획된 게 분명했다. 새디어스 숄토는 마차 바퀴가 덜컹거리는 소리보다 더 큰 목소리로 쉬지 않고 말했다.

"바솔로뮤 형은 영리한 사람이에요. 형이 보물을 어디서 찾았을 것 같습니까? 형은 보물이 집 안 어딘가에 있다고 확신하고, 집 안의 공간이란 공간의 크기를 모두 확인하고 직접 측정했어요. 단 1센티미터도 자신이 모르는 공간이 없도록 확실히 해두려는 거였죠. 그러던 중 집 높이가 22.5미터인데, 각 방의 높이를 다 합하고 층과 층 사이 공간까지 더해도 21미터를 넘지 않는다는 걸 알게 된 거예요. 1.5미터의 정체가 파악이 안 된 거죠. 그런 공간이 있을 수 있는 곳은 건물 꼭대기밖에 없었어요. 형은 맨 위층 방으로 가서 회반죽이 칠해진 천장에 구멍을 뚫었어요. 그런데 거기에 정말로 아무도 모르게 밀폐시켜 놓은 작은 공간이 있었던 거예요. 그 공간 한가운데 보물 상자가 있었습니다. 두 개의 서까래가 보물 상자를 받치고 있었죠. 형은 천장에 뚫은 구멍으로 보물 상자를 꺼냈어요. 형은 보물의 가치가 50만 파운드는 충분히 넘을 거라고 예상하고 있어요."

이 어마어마한 금액을 듣고 우리는 눈이 휘둥그레져서 서로를 바라보았다. 우리가 모스턴 양의 권리를 되찾아준다면, 이 숙녀는 가난한 가정교사가 아니라 영국에서 가장 부유한 상속녀가 될 것이다. 진정한 친구라면 그런 소식에 대단히 기뻐해야 하지만, 나는 부끄럽게도 이기적인 생각에 사로잡혀 마음이 납덩이처럼 무거워졌다. 더듬더듬 겨우 축하 인사 몇 마디 건네고 고개를 숙인 채 풀이 죽어 앉아 있었다. 새로운 친구가 지껄이는 소리는 제대로 귀에 들어오지 않았다. 새디어스 숄토는 건강 염려증 환자가 분명했다. 나는 멍하게 그자가 끊임

없이 이런저런 증상들을 쏟아내고, 수많은 엉터리 약들의 성분과 효능에 대해 묻는 걸 들었다. 그중 몇 가지 약은 가죽 케이스에 담아 주머니에 넣고 다닌다고 했다. 나는 그자가 내게서 들은 대답 중 어느 것 하나도 기억하지 못하리라고 믿는다. 홈즈 말에 따르면, 나는 그날 밤 새디어스 숄토에게 피마자 기름을 두 방울 이상 복용하면 위험하다고 주의를 주고, 마전이라는 식물에서 추출하고 독성이 강한 스트리크닌은 다량 복용할 경우 진정 효과가 있다며 권했다고 한다. 어찌 되었든 간에 마차가 갑자기 멈추고, 마부가 뛰어내려 문을 열어주자 마음이 확실히 진정되었다.

"모스턴 양, 여기가 폰디체리 저택입니다." 새디어스 숄토가 모스턴 양에게 손을 내밀며 말했다.

5
폰디체리 저택의 비극

우리가 야간 모험의 마지막 무대에 도착한 시각은 11시가 다 되어서였다. 거대한 도시의 축축한 안개에서 벗어나니 밤 공기가 아주 상쾌했다. 서쪽에서 따뜻한 바람이 불어오고, 하늘에는 흘러가는 짙은 구름 사이로 이따금 반달이 얼굴을 내밀었다. 어느 정도 앞까지 보일 만큼 환했음에도 새디어스 숄토는 마차 측면에 달린 램프를 내려서 우리 앞길을 더 환하게 비춰주었다.

폰디체리 저택은 대지가 넓고 높은 돌담에 에워싸여 있었다. 돌담 맨 위에는 깨진 유리 조각들이 꽂혀 있었다. 철재로 마감한 좁은 문이 유일한 입구였다. 앞장서 가던 숄토는 독특하게 우편배달부처럼 '똑똑' 하고 문을 두 번 두드렸다.

"누구요?" 안에서 걸걸한 목소리가 들렸다.

"나야, 맥머도. 이제 내 노크 소리쯤은 구분할 텐데."

투덜거리는 소리가 들리더니 철커덕 삐걱하고 빗장이 풀렸다. 문이 안으로 열리고, 키 작고 가슴팍이 두툼한 남자가 모습

을 드러냈다. 손에 든 랜턴의 노란 불빛이 남자의 돌출된 얼굴과 의심 가득한 두 눈을 비추었다.

"새디어스 도련님이시군요. 그런데 저분들은 누구시죠? 주인님한테서 아무 말씀 못 들었는데요."

"못 들었다고, 맥머도? 자네 날 놀라게 하는군. 어젯밤 형에게 친구분들을 모셔올 거라고 얘기했는데."

"들은 바 없는데요. 주인님은 종일 방에서 나오지 않으셨어요. 제가 규칙대로 해야 하는 걸 도련님도 잘 아시잖아요. 도련님은 들어오셔도 되지만, 친구분들은 안 됩니다."

예상치 못한 장애물을 만났다. 숄토는 당황스럽고 난감한 표정으로 사내를 바라보았다. "맥머도, 자네 이러면 안 되지. 내가 저분들을 보증하면 그걸로 된 거라고. 더욱이 숙녀분도 계시지 않은가. 이 시간에 숙녀분을 길거리에 서 있게 할 수는 없어."

"죄송합니다, 도련님." 문을 지키는 사내가 매몰차게 말했다. "저분들이 도련님 친구일지 몰라도 주인님 친구는 아니잖아요. 주인님이 제게 돈을 주시는 건 맡은 일을 잘하라는 뜻이니 저는 제 의무를 다해야 합니다. 도련님 친구들 중 제가 아는 분은 아무도 없습니다."

"있지 왜 없나, 맥머도." 홈즈가 반갑게 말했다. "자네가 날 잊었을 것 같지 않은데 말이야. 4년 전 자네의 자선 경기가 있었던 날 밤, 앨리슨 하숙집에서 자네와 세 라운드를 겨루었던 아마추어 선수 기억 안 나?"

"그럴 리가요, 셜록 홈즈 씨!" 프로 권투 선수가 큰 소리로 말했다. "이럴 수가! 제가 어떻게 당신을 몰라봤을까요? 거기 그렇게 가만히 서 있는 대신 가까이 와서 제 아래턱에 한 방 먹이셨더라면 단번에 알아봤을 텐데 말입니다. 아, 당신은 아까운 재능을 썩히고 있어요. 본격적으로 권투를 했더라면 크게 성공했을 텐데!"

"왓슨, 봤나? 다른 일에 모두 실패하더라도 나에겐 먹고 살 기술이 하나 남아 있다네." 홈즈가 웃으며 말했다. "이 추운 밤 우리를 밖에 서 있게 하진 않겠지, 친구?"

"들어오세요. 들어오세요, 모두." 사내가 말했다. "정말 죄송합니다, 새디어스 도련님. 규칙이 엄해서요. 들어오시라고 하기 전에 도련님 친구분들이 확실한지 확인해야 했습니다."

문 안으로 들어서니 황량한 정원에 구불구불한 자갈길이 평범하고 거대한 네모 모양의 저택까지 이어졌다. 달빛이 비치는 한쪽 모퉁이와 희미하게 반짝이는 다락방 창문을 제외하면 집 전체가 어둠에 잠겨 있었다. 집의 엄청난 규모와 죽음을 떠

올리게 하는 음울한 적막에 간담이 서늘해졌다. 새디어스조차 마음이 편치 않은지 손에 든 등불이 흔들려 덜거덕거렸다.

"이해할 수가 없군." 새디어스가 말했다. "뭔가 잘못된 게 틀림없어. 우리가 올 거라고 바솔로뮤 형에게 분명히 얘기했는데, 형 방에도 불이 꺼져 있다니. 어떻게 해야 할지 모르겠군."

"형님은 늘 이런 식으로 집을 관리하시나요?" 홈즈가 물었다.

"네, 형은 아버지를 그대로 따라 했어요. 아버지가 가장 아끼는 아들이었죠. 그래서 가끔은 아버지가 형에게 더 많은 얘기를 해주었을지도 모른다는 생각이 들어요. 저기 저 위 달빛이 비치는 창문이 바솔로뮤 형의 방이에요. 아주 환하긴 한데, 안에는 불이 꺼져 있군요."

"그러네요." 홈즈가 말했다. "그런데 문 옆에 난 작은 창에는 불빛이 보이는군요."

"아, 그곳은 식모 방이에요. 나이 든 번스톤 부인이 지내는 곳이죠. 무슨 일이 있었는지 번스톤 부인이 다 말해줄 겁니다. 잠깐만 여기서 기다려주세요. 우리가 올 줄 몰랐을 텐데 한꺼번에 몰려가면 부인이 놀랄 거예요. 쉿! 무슨 소리죠?"

새디어스가 등불을 높이 들었다. 손을 어찌나 떠는지 불빛이 여기저기서 반짝이다가 우리를 맴돌며 심하게 흔들렸다. 모스턴 양이 내 허리를 꼭 붙들었다. 심장이 쿵쾅거리고 귀가 쫑긋 섰다. 거대한 검은 집에서 적막을 깨고 슬프고 가련한 소리가 흘러나왔다. 겁에 질린 여성이 흐느껴 우는 소리였다.

"번스톤 부인이에요." 새디어스가 말했다. "이 집에서 여자는 부인뿐이거든요. 여기서 기다리세요. 금방 돌아올게요." 새디어스가 서둘러 문 쪽으로 가더니 독특하게 노크했다. 키가 크고 나이 든 여성이 나오더니 새디어스 숄토를 보고 기뻐 어쩔 줄 몰라 했다.

"새디어스 도련님이시군요. 잘 오셨어요. 정말 잘 오셨어요, 새디어스 도련님." 노부인은 문이 닫힐 때까지 기쁨의 표현을 거듭 반복했다. 문이 닫히자 부인의 목소리가 사라지고 낮은 웅성거림만 들렸다.

홈즈는 새디어스가 두고 간 등불을 천천히 움직이며 예리한 눈으로 저택을 둘러보았다. 정원 여기저기 흙더미가 쌓여 있었다. 모스턴 양과 나는 손을 꼭 잡고 서 있었다. 사랑이란 얼마나 놀랍고 미묘한 것인지. 어제까지만 해도 한 번도 만난 적이 없고, 애정을 담은 말이나 표정을 주고받은 적도 없었던 우리 두 사람은 힘든 시간을 함께하면서 본능적으로 서로의 손을 끌어당겼다. 지금도 경이롭게 생각하지만, 당시 내가 모스턴 양에게 마음이 쓰이는 건 아주 자연스러운 일 같았다. 모스턴 양도 가끔 얘기한다. 그때 자기 역시 본능적으로 나에게 위로받고 보호받고 싶었다고 말이다. 우리는 그렇게 아이들처럼 손을 꼭 잡고 있었다. 어둠에 휩싸인 우리는 마음이 고요해졌다.

"정말 이상한 곳이에요." 모스턴 양이 주위를 둘러보며 말했다.

"영국에 있는 두더지란 두더지는 모두 잡아다 여기에 풀어 놓은 것 같아요. 전에 오스트레일리아 밸러래트 근처 언덕에서 비슷한 광경을 본 적 있어요. 금을 캐려는 사람들이 여기저기 땅을 파헤쳐 놓았죠."

"여기도 같은 이유 때문이에요." 홈즈가 말했다. "모두 보물을 찾으려 한 흔적이죠. 무려 6년 동안 보물을 찾았다고 했잖아요. 정원이 자갈 채취장처럼 보일 만하죠."

바로 그때 저택의 문이 벌컥 열렸다. 새디어스가 공포에 질린 눈을 하고 두 손을 앞으로 벌린 채 뛰어나왔다.

"바솔로뮤 형에게 일이 생겼어요." 새디어스가 소리쳤다. "너무 무서워요. 무서워서 견딜 수가 없어요." 정말 그래 보였다. 털이 달린 커다란 옷깃 위로 빼꼼히 올라온 핼쑥한 얼굴은 여전히 씰룩거리며, 겁에 질려 어쩔 줄 몰라 하는 어린아이의 애절한 표정을 하고 있었다.

"안으로 들어갑시다." 홈즈가 힘 있는 목소리로 단호하게 말했다.

"네, 그렇게 해주세요." 새디어스가 애원했다. "어떻게 해야 할지 모르겠어요."

우리는 새디어스를 따라 입구 왼쪽에 있는 식모 방으로 들어갔다. 노부인은 두려운 표정으로 불안하게 손가락을 물어뜯으며 방 안을 왔다 갔다 하고 있었다. 모스턴 양이 들어서는 모습에 조금 진정하는 듯 보였다.

"아가씨의 착하고 온화한 얼굴에 신의 축복이 있기를!" 노부인이 감정에 북받쳐 흐느꼈다. "아가씨를 보니 마음이 놓여요. 오늘 정말 힘들었답니다."

모스턴 양은 노부인의 가늘고 거친 손을 어루만지며 다정하고 여성스럽게 위로의 말을 건넸다. 그제야 노부인의 창백하던 얼굴에 혈색이 돌고, 사정을 말하기 시작했다.

"주인님이 문을 걸어 잠근 채 불러도 대답을 안 하세요. 이따금 혼자 있고 싶어 하실 때도 있으니까 그런 줄 알고 부르실 때까지 기다리고 있었어요. 그런데 한 시간 전쯤 문득 무슨 일이 생겼을지도 모른다는 불안한 생각이 들더군요. 그래서 올라가 열쇠 구멍으로 들여다봤어요. 도련님이 올라가셔야 해요. 올라가서 직접 보셔야 해요. 지난 10년 동안 주인님의 기쁜 얼굴도 보고 슬픈 얼굴도 봤지만, 저런 표정은 처음이에요."

홈즈가 램프를 들고 나섰다. 새디어스는 이빨이 부딪칠 정도로 덜덜 떨고 있었다. 어찌나 떠는지 다리가 후들거리는 모습에 계단을 오를 때는 내가 팔을 부축해주었다. 2층에 오르자 홈즈가 주머니에서 렌즈를 꺼냈다. 계단에 양탄자 대신 깔아놓은 코코넛 매트에 생긴 얼룩을 유심히 살펴보았다. 내 눈에는 그저 먼지 자국으로밖에 보이지 않았다. 홈즈는 램프를 들고 예리하게 좌우를 살피며 한 계단씩 천천히 올라갔다. 모스턴 양은 겁에 질린 식모와 함께 남아 있었다.

세 번째 계단은 긴 복도와 이어졌다. 복도 오른쪽 벽에는 거대한 그림을 표현한 인도산 태피스트리가 걸려 있었다. 왼쪽에는 문이 세 개 있었다. 홈즈는 계단을 올라올 때처럼 천천히 주위를 꼼꼼하게 살피며 앞으로 걸어갔다. 새디어스와 나는 홈즈 뒤에 바짝 붙어 움직였다. 우리의 그림자가 복도 뒤쪽으로 길게 늘어졌다. 세 번째 문이 우리의 목적지였다. 홈즈가 문을 두드렸지만 아무런 인기척이 없었다. 홈즈는 문을 열려고 손잡이를 돌려보았다. 돌아가지 않았다. 램프를 높이 들어 문틈을 비춰보니 안쪽에 크고 단단한 빗장을 걸어둔 게 보였다. 문이 잠기긴 했지만 열쇠 구멍이 완전히 막힌 건 아니었다. 홈즈는 구멍 쪽으로 몸을 숙여 들여다보더니 이내 '헉' 하며 숨을 멈추고 몸을 일으켰다.

"이 안에 아주 섬뜩한 게 있는데, 왓슨." 그 어느 때보다 동요한 모습으로 홈즈가 말했다. "자네가 한번 볼 텐가?"

나는 몸을 숙여 구멍을 들여다보고는 몸이 움츠러들 정도로 흠칫 놀랐다. 방 안은 달빛이 흘러들어 흐릿하고 은은하게 반짝였고, 정면에 얼굴이 하나 떠 있었다. 얼굴 아래쪽이 어둠에 가려져 마치 공중에 매달린 것처럼 보였다. 바로 새디어스 숄토의 얼굴이었다. 목이 길고 빛나는 대머리와 그 주위를 빙 둘러 난 빨간색 머리카락, 그리고 창백한 얼굴까지 아주 똑같았다. 씰룩거리지 않고 섬뜩하고 부자연스러운 미소를 짓고 있는 표정만 달랐다. 그토록 고요하고 달빛이 드는 방에서 그러고 있으니 찡그리거나 노려보는 것보다 훨씬 오싹했다. 우리의 작은 친구 새디어스와 얼굴이 너무 똑같아서 나는 새디어스가 정말 우리와 함께 있는지 확인하려고 뒤를 돌아보았다.

그때서야 형과 쌍둥이라고 한 새디어스의 말이 기억났다.

"끔찍한 일이야! 이제 어떻게 하지?" 내가 홈즈에게 물었다.

"문을 열어야지." 홈즈는 이렇게 말하고 온몸으로 문을 세게 밀어붙였다. 문이 삐걱거리며 신음을 토했지만 굴복하지는 않았다. 홈즈는 다시 한 번 문을 향해 몸을 던졌고, 이번에는 나도 함께했다. 툭 끊어지는 소리와 함께 문이 열리면서 우리는 저절로 바솔로뮤 숄토의 방으로 들어섰다.

방은 마치 화학 실험실로 꾸민 듯 보였다. 문 맞은편 벽에 유리 마개가 달린 병들이 두 줄로 세워져 있고, 탁자 위에는 납땜에 사용하는 분젠 버너와 시험관, 증류기들이 널브러져 있었다. 구석에는 산성 용액을 담은 유리병들이 버들가지 바구니에 담겨 있었다. 그중 하나가 새거나 깨졌는지 검은 빛깔의 용액이 흘러나와 있었고, 타르처럼 톡 쏘는 냄새가 났다. 방 한쪽에 놓인 사다리 주위에는 윗가지와 회반죽 조각들이 어지럽게 늘어져 있었다. 그 위쪽 천장에는 남자 한 명이 통과할 수 있을 정도로 커다란 구멍이 나 있었다. 사다리 밑에는 아무렇게나 던져놓은 듯 긴 밧줄이 둘둘 감겨 있었다.

탁자 옆 나무로 된 안락의자에 이 집 주인이 꼼짝 않고 앉아 있었다. 머리를 왼쪽 어깨에 떨어뜨리고 얼굴에는 의미를 알 수 없는 섬뜩한 미소를 짓고 있었다. 차갑게 굳어 있는 것으로 보아 이미 몇 시간 전에 숨을 거둔 게 확실했다. 얼굴뿐 아니라 팔다리까지 아주 희한한 모양새로 뒤틀려 있는 모습이 눈에 띄었다. 탁자 위에 올려놓은 손 옆에는 독특한 물건이 하나

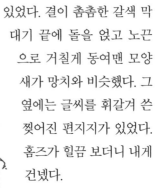

있었다. 결이 촘촘한 갈색 막대기 끝에 돌을 얹고 노끈으로 거칠게 동여맨 모양새가 망치와 비슷했다. 그 옆에는 글씨를 휘갈겨 쓴 찢어진 편지지가 있었다. 홈즈가 힐끔 보더니 내게 건넸다.

"자네도 보게." 홈즈는 의미심장하게 눈썹을 치켜 올리며 말했다.

종이에 불빛을 비추자 몸에 소름이 돋았다. "'네 사람의 서명', 맙소사! 이게 대체 무슨 의미지?" 내가 물었다.

"살인을 의미하는 거지." 홈즈가 몸을 숙여 시신을 살펴보며 말했다. "아, 이럴 줄 알았어. 여길 보게!" 홈즈가 가리킨 곳을 보니 남자의 귀 바로 위에 길고 검은 빛깔의 가시 같은 게 박혀 있었다.

"가시처럼 보이는데." 내가 말했다.

"가시가 맞아. 자네가 한번 뽑아봐. 독이 묻어 있을 테니 조심해야 해."

엄지와 집게손가락으로 가시를 잡아당기자 아주 쉽게 빠졌다. 가시가 박힌 자리에는 작은 핏방울이 맺힐 뿐 흔적은 거의 남지 않았다.

"도대체 풀리지 않는 수수께끼군." 내가 말했다. "점점 미궁 속으로 빠져들고 있어."

"그 반대지." 홈즈가 말했다. "매 순간 분명해지고 있어. 몇 군데 연결 고리만 찾으면 완벽한 그림을 그릴 수 있지."

홈즈와 나는 방에 들어온 뒤로 새디어스의 존재를 까맣게 잊고 있었다. 여전히 문 앞에 서 있는 새디어스의 모습은 식겁한 상태였다. 두 손을 꼭 움켜쥔 채 끙끙 앓고 있었다. 그러다 갑자기 짜증 섞인 날카로운 비명을 질렀다.

"보물이 사라졌어요. 그들이 형에게서 보물을 빼앗아 갔어요. 저기 저 구멍으로 우리가 보물을 내렸단 말이에요. 제가 형을 도왔어요. 형을 마지막으로 본 사람이 저라고요. 어젯밤 여기서 형과 헤어지고 계단을 내려가면서 형이 문을 잠그는 소리를 들었어요."

"그게 몇 시였죠?"

"10시였어요. 그런데 지금은 형이 죽었어요. 경찰이 들이닥칠 테고, 제가 한 짓이라고 의심할 거예요. 맞아요. 그럴 거예요. 하지만 여러분은 그렇게 생각하지 않으시죠? 정말로 제가 그랬다고 생각하지 않으시죠? 제가 그랬다면 이곳으로 모시고 왔겠어요? 오, 제발, 제발! 나는 미쳐버리고 말 거예요."

새디어스는 격분해 발작을 일으키듯이 팔을 심하게 떨고 발을 동동 굴렀다.

"두려워할 필요 없어요, 숄토 씨." 홈즈가 새디어스의 어깨에 손을 얹으며 다정하게 말했다. "내 말대로 해요. 경찰서로 가서 이 일을 알리고, 무조건 협조하겠다고 하세요. 당신이 돌아올 때까지 여기서 기다리고 있겠습니다."

새디어스는 반쯤 얼이 빠진 표정으로 충고를 받아들이고 어두운 계단을 비틀비틀 걸어 내려갔다.

6

셜록 홈즈의 현장 검증

"자, 왓슨." 홈즈가 두 손을 비비며 말했다. "우리에게 30분이 생겼어. 잘 활용해보자고. 이미 말한 것처럼 내 추리는 거의 끝났지만, 자만심에 치우쳐 실수를 범해서는 안 되잖아. 사건이 지금은 단순해 보여도 심오한 뭔가가 숨어 있을 수도 있거든."

"단순하다고?" 내가 큰 소리로 말했다.

"물론이지." 홈즈는 마치 학생들 앞에서 설명하는 임상 교수 같은 분위기를 풍기며 말했다. "저쪽 구석에 앉아보게. 그래야 자네 발자국이 문제를 복잡하게 하지 않을 테니까. 시작해볼게. 먼저 용의자들이 어떻게 들어오고 어떻게 나갔을까? 문은 어젯밤 이후로 열린 적이 없어. 창문은 어떨까?" 홈즈는 창문에 램프를 비춰보았다. 뭐가 보일 때마다 큰 소리로 중얼거렸지만 나에게 하는 말이라기보다 혼잣말인 것 같았다. "창문은 안에서 걸쇠로 잠갔어. 창틀은 단단하고, 경첩은 달려 있지 않아. 한번 열어보지. 가까이에 배수관도 없고, 지붕과도 꽤 멀어. 하지만 용의자는 창문으로 올라왔어. 어제 비가 조금 내렸지. 여기 창틀에 흙 묻은 발자국이 있어. 이쪽에는 동그란 흙 자국이 있고, 여기 바닥에도 보이고, 여기 탁자 옆에도 있잖아. 왓슨, 여기 좀 봐! 이거 아주 마음에 쏙 드는 증거군."

동그란 모양이 선명한 작은 흙 자국이 여러 개 있었다. "이건 발자국이 아냐." 내가 말했다.

"훨씬 더 가치 있는 증거지. 그건 의족이 남긴 자국이야. 여기 창틀에 있는 건 부츠 자국이고. 뒷굽에 넓은 금속을 달아 무겁겠군. 이 옆에 있는 건 의족 자국이고."

"의족을 한 남자군."

"그렇지. 그런데 한 명 더 있어. 아주 영리하고 유능한 공범이지. 저 벽을 오를 수 있겠어, 의사 선생?"

나는 창문 밖을 내려다보았다. 여전히 달빛이 환하게 비치고 있었다. 땅에서부터 높이가 20미터는 거뜬히 넘어 보였다. 벽에는 발 디딜 곳은커녕 벽돌 사이의 틈조차 보이지 않았다.

"절대 불가능하겠는걸." 내가 말했다.

"도움이 없으면 불가능하지. 하지만 여기에 친구가 있어서 이쪽 구석에 놓인 이 튼튼한 밧줄을 내려줬다고 생각해봐. 밧줄의 한쪽 끝은 여기 벽에 있는 커다란 고리에 고정시키고 말이지. 그렇게 하면 내 생각에는 의족을 했더라도 충분히 올라올 수 있어. 물론 내려갈 때도 같은 방법을 썼겠지. 공범은 남아서 밧줄을 걷어 올리고, 고리에 묶어놓은 것도 풀고 창문을 닫고 안에서 잠근 거야. 그런 다음 들어왔던 길로 달아난 거지. 사소하긴 해도 주목할 게 하나 있어." 홈즈가 밧줄을 만지며 말했다. "의족을 한 친구가 오르는 건 썩 잘했는데, 전문 항해사처럼 밧줄을 잘 다루지는 못했어. 그의 손에는 굳은살이 없지. 렌즈로 밧줄을 들여다보면 핏자국이 여러 군데 나타나는데 끝 쪽이 특히 그래. 아주 빠른 속도로 미끄러져 내려가다 손바닥 피부가 벗겨진 거라고 볼 수 있지."

"지금까지는 아주 훌륭해." 내가 말했다. "하지만 전보다 더 이해하기 어려워지는걸. 의문의 공범 말이야. 방에 어떻게 들어왔을까?"

"그래, 공범!" 홈즈가 뭔가 생각하면서 말했다. "공범의 겉모습이 상당히 흥미로워. 이 사건을 진부하지 않은 수준으로 끌어올린 장본인이지. 나는 이 공범이 영국 범죄 역사에 새로운 장을 개척했다고 생각하네. 인도에는 비슷한 사건이 있었지만 말이야. 내 기억이 틀리지 않다면 세네감비아에서도 있었고."

"그래서 어떻게 들어온 건데?" 내가 재차 물었다. "문은 잠겼고 창문으로도 들어올 수 없었어. 그럼 굴뚝으로 들어왔을까?"

"나도 생각해봤는데, 그러기에는 벽난로가 너무 작아." 홈즈가 말했다.

"그럼 어떻게 들어온 거지?" 내가 집요하게 물었다.

"자네는 내가 말해준 수사 법칙을 적용하지 않는군." 홈즈가 고개를 내저으며 말했다. "불가능한 요소들을 모두 제외하면 진실만 남는다고 했잖아. 그게 아무리 불가능해 보여도 진실이라고 내가 몇 번 말했나? 우리는 공범이 문이나 창문으로 들어오지 않았고, 굴뚝도 아니란 걸 알고 있네. 방에 마땅히 몸을 숨길 만한 데도 없으니 미리 숨어 있었을 리도 없지. 그러면 어디로 들어왔을까?"

"지붕에 난 구멍으로 들어왔어." 내가 소리쳤다.

"그렇지. 그놈은 틀림없이 구멍으로 들어왔어. 자네가 이 램프를 좀 들고 있어주면 우리가 저 위에 있는 공간까지 살펴볼 수 있을 거야. 보물이 발견된 비밀 공간 말이야."

홈즈는 사다리를 타고 올라가 양손으로 천장의 서까래를 하나씩 붙잡고 몸을 날려 다락방으로 올라섰다. 다락방으로 올라간 홈즈는 엎드린 채로 손을 뻗어 내가 건네는 램프를 받아 들었다. 나도 홈즈를 따라 올라갔다.

우리가 올라간 공간은 가로 3미터, 세로 2미터쯤 크기였다. 바닥에는 서까래가 놓이고, 그 사이를 윗가지와 회반죽으로 얇게 발라놓은 형태라 이동하려면 서까래에서 서까래로 발을 옮겨야 했다. 가운데가 뾰족하게 솟은 천장은 이 저택을 덮은 지붕의 뼈대가 확실했다. 가구 같은 건 없었고 바닥에 수년간 쌓인 먼지가 수북했다.

"여기 좀 봐." 홈즈가 경사진 벽에 손을 대고 말했다. "지붕으로 통하는 들창이야. 뒤로 밀면 약간 비스듬하게 기운 지붕으로 연결돼. 바로 여기로 최초 침입자가 들어온 거야. 그자의 특징을 알려줄 만한 흔적이 있나 살펴보자고."

홈즈는 램프를 아래로 내려 바닥을 살펴보았다. 바로 그 순간 홈즈는 또 한 번 흠칫 놀라는 표정을 지었다. 홈즈의 눈길이 향한 곳을 본 나 역시 온몸에 소름이 돋았다. 바닥에 선명한 맨발 자국이 수두룩했다. 그런데 일반 성인의 절반도 안 되는 기이한 모양이었다.

"홈즈." 내가 낮은 목소리로 말했다. "이 끔찍한 일을 어린아이가 했다니."

홈즈는 이내 평정심을 되찾았다. "잠깐 놀랐지만 특이할 건 없어. 기억력이 제대로 작동했더라면 미리 짐작할 수 있었을 텐데. 여기서 더 알아낼 건 없으니 그만 내려가세."

"자네는 저 발자국들이 무엇을 의미한다고 생각하는 건가?" 우리가 다시 방으로 내려왔을 때 나는 정말 궁금해서 물었다.

"친애하는 왓슨 선생, 자네도 한번 혼자 분석해봐." 홈즈가 서두르는 기색을 보이며 말했다. "내 방법 알잖아. 그걸 적용해보라고. 그런 다음 나중에 결과를 비교해보면 뭔가 배울 게 있을 거야."

"상황을 설명해줄 만한 게 아무것도 떠오르지 않아." 내가 말했다.

"자네도 곧 알게 될 거야." 홈즈가 무뚝뚝하게 말했다. "여기에 중요한 게 더 있을 것 같지는 않지만 그래도 한번 살펴봐야지." 홈즈는 렌즈와 줄자를 꺼냈다. 무릎을 꿇은 채 방 이곳저곳을 자로 재고 비교하고 관찰했다. 길고 날카로운 코가 바닥에 닿을 듯했고, 새처럼 움푹 들어간 눈은 반짝반짝 빛났다. 어찌나 날렵하고 소리 없이 은밀하게 움직이는지 마치 잘 훈련된 블러드하운드 경찰견이 냄새를 좇는 것 같았다. 나는 홈즈가 자신의 에너지와 총명함을 지금과 반대로 썼더라면 얼마나 끔찍한 범죄를 저질렀을까 하는 생각이 들어 소름이 끼쳤다. 홈즈는 조사하는 내내 혼잣말을 계속했다. 그러다 마침내 기쁨의 탄성을 질렀다.

"우리는 확실히 운이 좋아. 이제 어려운 일은 거의 없겠군. 안됐지만 최초의 침입자가 크레오소트(타르가 함유된 검은 빛깔의 액체로 목재 보존재로 많이 쓰인다—옮긴이)를 밟았어. 여기 지독한 냄새가 나는 물건 옆에 침입자의 작은 발이 남긴 자국이 보여. 유리병에 금이 가서 담겨 있던 용액이 새어 나온 거야."

"그다음은?" 내가 물었다.

"모르겠어? 우리는 그자를 잡은 거나 다름없어. 그게 다야." 홈즈가 말했다. "나는 저 냄새를 좇아 지구 끝까지라도 갈 수 있는 개를 알고 있어. 개 떼가 주 전체를 뒤져 흔적을 남긴 청어 한 마리를 찾아내기도 하는데, 특별히 훈련된 사냥개라면 이 지독한 냄새를 좇아 얼마나 멀리 갈 수 있겠어? 마치 비례공식처럼 들리는군. 그 답은 말이야…. 쉿! 공인받은 법의 대리인이 오셨군."

아래층에서 육중한 발걸음 소리와 시끄러운 말소리가 들리더니 쾅 하고 문이 닫혔다.

"저들이 오기 전에" 하고 홈즈가 말했다. "자네가 이 불쌍한 시신의 팔을 한번 만져봐. 여기 다리도. 어떤가?"

"근육이 나무판자처럼 딱딱해." 내가 대답했다.

"그래. 근육이 심하게 수축됐어. 보통의 사후 경직보다 훨씬 심해. 이 히포크라테스 같은 미소, 옛날 사람들이 '경련 미소' 라고도 했던 이 일그러진 얼굴까지 고려해보면 어떤 결론이 떠오르나?"

"사망 원인은 강력한 식물성 알칼로이드 때문이야." 내가 말했다. "스트리크닌 같은 물질이 근육에 심한 경련을 일으킨 거지."

"일그러진 얼굴 근육을 보는 순간 나도 똑같은 생각을 했네. 그래서 방에 들어오자마자 피해자의 몸에 독을 퍼뜨린 수단을 찾으려고 했지. 자네도 봤지만 시신의 피부에 살짝 꽂혀 있는 가시를 내가 찾아냈잖아. 가시가 박혔던 부위는 죽은 남자가 의자에 똑바로 앉아 있었다면 천장에 난 구멍 쪽을 향하게 되어 있어. 이제 가시를 살펴보자고."

나는 조심조심 가시를 집어 램프 불빛에 가까이 댔다. 어두운 빛깔에 길고 날카로웠다. 끝 부분이 끈적끈적한 물질이 말라붙은 것처럼 멀겋게 보였다. 뭉툭한 다른 한쪽은 칼로 둥글게 다듬어졌다.

"영국에서 나는 가시인가?" 홈즈가 물었다.

"아냐, 절대 그렇지 않아."

"이 모든 정보를 통해 자네도 적절한 추리를 할 수 있을 거야. 그런데 정규군이 오는군. 비정규군은 서둘러 철수해야겠어."

홈즈가 이렇게 말하자 계단에서 점점 가까워지던 발소리가 복도에서 크게 울렸다. 이내 회색 양복을 입은 체격이 건장하고 약간 뚱뚱한 남자가 묵직한 발걸음으로 들어왔다. 얼굴에는 홍조를 띠고 있었고, 토실토실한 살에 파묻힌 작은 두 눈이 예리하게 반짝였다. 남자의 뒤로 제복을 입은 경위 한 명이 바짝 따라오고 있었다. 함께 온 새디어스는 여전히 떨고 있었다.

"사건 현장이군!" 뚱뚱한 남자가 낮고 걸걸한 목소리로 외쳤다. "아주 끝내주는 사건이야! 그런데 이분들은 누구신가? 왜 집 안이 토끼우리처럼 북적대는 거지?"

"애설니 존스 형사, 저를 기억하실 텐데요." 홈즈가 점잖게 말했다.

"그럼요, 당연히 기억하죠." 뚱뚱한 남자가 숨을 헐떡이며 말했다. "이론가 셜록 홈즈 선생 아니십니까. 기억하고말고요! 비숍게이트 보석 사건 때 선생이 원인과 추론, 그리고 결과에 대해 강의하던 걸 잊을 수 없어요. 선생 도움으로 우리가 수사 방향을 제대로 잡을 수 있던 건 맞아요. 하지만 선생의 지도가 훌륭해서 그랬다기보다 그때는 운이 좋았던 거라고 오늘 인정하시게 될 겁니다."

"그때의 추리는 아주 간단한 거였죠."

"오, 제발, 이젠 인정하는 걸 부끄러워하지 마세요. 어쨌거나 이게 다 뭐죠? 고약한 사건이군요! 아주 고약한 사건이에요! 여기 확실한 증거들이 있으니 이론이 개입할 여지가 없겠군요. 운 좋게도 마침 내가 다른 사건으로 노우드에 나와 있었답니다. 사건을 보고받았을 때 경찰서에 있었죠. 그런데 저 남자의 사망 원인은 뭐라고 생각하십니까?"

"글쎄요, 제가 이론을 내세울 만한 사건이 아닌 것 같은데요." 홈즈가 냉담하게 말했다.

"아니, 왜 그러십니까? 가끔 핵심을 찌르는 말도 하신다는 건 부인할 수 없는 사실인 걸요. 이것 참, 문은 잠겨 있었다고 들었습니다. 50만 파운드 상당의 보석이 사라졌고요. 창문은 어땠습니까?"

"잠겨 있었어요. 그런데 창틀에 발자국이 있습니다."

"그렇군요. 그러니까 창문이 잠겨 있었다면 발자국은 사건과 관련이 없겠군요. 상식적인 거죠. 남자는 발작을 하다 죽었을 수 있어요. 그런데 보석이 사라졌지요. 하! 생각났습니다. 가끔은 이런 식으로 생각이 떠오르기도 하죠. 좀 나가 있게, 경위. 숄토 씨도요. 친구분은 남아 계셔도 좋습니다. 홈즈 선생, 이런 건 어떻습니까? 새디어스 숄토는 자기 입으로 어젯밤 형과 함께 있었다고 자백했어요. 형이 발작을 일으키다 숨을 거두자 동생이 보석을 들고 나간 거죠. 어떻습니까?"

"그러자 죽은 사람이 아주 사려 깊게 일어나서 문을 안에서 걸어 잠갔군요."

"흠, 한 가지 오류가 있네요. 상식적으로 생각해봅시다. 새디어스 숄토가 형과 함께 있었고, 다투기도 했다는 건 우리가 다 아는 사실입니다. 형은 죽었고 보석은 사라졌어요. 그것도 우리가 아는 사실이에요. 새디어스가 떠난 뒤로 형을 본 사람은 아무도 없어요. 침대에서 잔 흔적도 없고요. 새디어스는 현재 정신 상태가 매우 불안합니다. 겉모습도… 호감형은 아니에요. 제가 새디어스를 의심하고 있다는 걸 아시겠죠? 제 수사망이 그자를 압박해나갈 겁니다."

"사실을 제대로 파악하지 못하신 것 같습니다." 홈즈가 말했다. "나무로 된 이 가시가 남자의 두피에서 나왔습니다. 자국이 보이실 거예요. 저는 이 가시에 독이 묻어 있을 거라고 확신합니다. 그리고 보시다시피 손으로 쓴 글씨가 적힌 이 종이가 탁자 위에 있었어요. 그 옆에 돌이 달린 다소 특이한 물건도 있고요. 이 모든 것들을 어떻게 설명하시겠어요?"

"제 생각이 옳다는 걸 확인시켜주는 것들이죠." 뚱뚱한 형사가 거만하게 말했다. "이 집에는 인도에서 온 진귀한 물건들이 많습니다. 새디어스가 그중에서 이 희한한 도구를 가지고 올라왔고, 가시에 독이 묻어 있다면 당연히 새디어스가 살해 목적으로 사용했을 겁니다. 다른 사람들처럼 말이죠. 글씨가 적힌 종이는 아무 의미 없는 속임수가 확실하고요. 어떻게 도망쳤는지가 유일한 의문인데… 아, 그럼 그렇지, 여기 천장에 구멍이 있군요." 뚱뚱한 형사는 덩치에 비해 아주 날렵하게 사다리를 타고 다락방 안으로 몸을 구겨 넣었다. 그리고 얼마 지나지 않아 들창을 발견했는지 환호성이 들렸다.

"뭔가 찾아냈나 보군." 홈즈가 어깨를 으쓱하며 말했다. "저자의 이성은 어쩌다 한 번씩 반짝반짝 한다니깐. 그런 사람만큼 성가신 바보도 없지!"

"하!" 애셜니 존스가 다시 사다리를 내려오며 말했다. "역시

그깟 이론보다는 사실이 낫죠. 이번 사건에 대해 저는 생각을 굳혔습니다. 위에 지붕으로 연결되는 들창이 있고 약간 열려 있어요."

"제가 열어놨습니다."

"오, 저런. 그럼 이미 알고 있었어요?" 뚱뚱한 형사는 약간 실망한 듯했다. "뭐, 누가 먼저 발견했건 간에 들창은 용의자가 어떻게 도망쳤는지 알려주죠. 경위!"

"네!" 복도에서 대답이 들렸다.

"숄토 씨에게 안으로 들어오시라고 하게. 숄토 씨, 당신이 하는 말은 불리하게 작용할 수도 있음을 알려드립니다. 여왕의 이름으로 당신을 바솔로뮤 숄토 살해 사건의 용의자로 체포합니다."

"거봐요. 제가 말하지 않았습니까!" 가엾은 새디어스가 두 손을 내밀고 홈즈와 나를 번갈아 쳐다보며 절규했다.

"걱정 말아요, 숄토 씨." 홈즈가 말했다. "제가 당신의 혐의를 벗겨드리겠습니다."

"지키지 못할 약속은 하지 마세요, 이론가 선생. 지키지 못할 약속은 하는 게 아니죠!" 뚱뚱한 형사가 쏘아붙였다. "당신이 생각하는 것보다 어려운 일이라는 걸 알게 될 거요."

"숄토 씨의 혐의를 벗기기에 앞서 존스 씨 당신에게 어젯밤이 방에 있었던 두 사람 중 한 명의 이름과 인상착의를 공짜로 알려드리죠. 그자의 이름은 조너선 스몰이 확실합니다. 교육은 제대로 받지 못했고, 체구가 작고, 힘이 좋지요. 오른쪽 다리가 없어서 나무 의족을 하고 있는데, 안쪽이 닳았습니다. 왼쪽에 신은 신발의 앞쪽은 투박하게 각진 모양이고, 뒷굽에는 금속을 둘렀어요. 피부가 검게 그을린 중년의 남자로 감옥에서 지낸 적이 있습니다. 이 몇 가지 정보들과 함께 저기 밧줄에는 손바닥에서 떨어진 피부가 꽤 남아 있다는 사실이 도움이 될 겁니다. 또 한 명은…."

"이런, 한 명이 더 있다고요?" 애셜니 존스는 믿을 수 없다는 투로 물었지만, 홈즈의 구체적인 묘사에 동요하는 기색이 역력했다.

"훨씬 독특한 사람이죠. 조만간 두 사람 다 소개해드리겠습니다." 홈즈는 이렇게 말하고 나를 향해 돌아섰다. "왓슨, 자네에게 할 말이 있어."

홈즈는 나를 문밖 층계참으로 데리고 나왔다. "예상치 못한 사건을 맞닥뜨린 바람에 우리가 여기 온 원래 목적을 잊고 있었어."

"나도 그렇게 생각하던 참이네." 내가 말했다. "모스턴 양을 이 섬뜩한 집 안에 계속 머무르게 하는 건 옳지 않지."

"그건 안 되지. 자네가 모스턴 양을 집에 데려다 줘. 로어캠 버웰에 있는 세실 포리스터 부인 댁으로 가면 돼. 그렇게 멀지 않아. 자네가 돌아올 때까지 여기서 기다리겠네. 그런데 너무 피곤한 거 아닌가?"

"전혀 그렇지 않아. 이 엄청난 사건에 대해 더 알기 전까지는 쉴 수 있을 것 같지 않아. 살면서 인생의 어두운 면을 봐왔지만, 솔직히 오늘 밤 짧은 시간에 이토록 기이한 일들을 연이어 접한 적은 처음이야. 그래도 이왕 여기까지 왔으니 자네와 함께 사건의 진실을 알아내고 싶어."

"자네가 함께한다면 큰 도움이 될 거야." 홈즈가 말했다. "우리는 이제 우리끼리 따로 사건을 조사할 거야. 존스 형사는 자기 하고 싶은 대로 별것 아닌 일에 호들갑을 떨게 두자고. 모스턴 양을 데려다 주고 핀친 레인 3번지로 가주면 좋겠어. 램버스 지역의 물가 근처야. 오른쪽 세 번째 집에 새를 박제하는 셔먼 영감이 살고 있어. 창문에 어린 토끼를 물고 있는 족제비가 보일 거야. 문을 두드려 셔먼 영감이 나오면 안부를 전하고, 내가 급하게 토비를 필요로 한다고 말해. 그러면 토비를 마차에 태워 여기로 올 수 있을 거야."

"개를 말하는 거지?"

"맞아, 잡종견으로는 드물게 아주 놀라운 후각을 지녔지. 런던의 모든 수사 인력을 동원하는 것보다 토비의 도움을 받는 게 훨씬 나아."

"그럼 반드시 데려와야겠군." 내가 말했다. "지금이 1시니까 빠르면 3시 전에 돌아올 수 있을 거야."

"그러면 나는 번스톤 부인이 더 알고 있는 게 없는지 살펴봐야겠군. 새디어스가 옆방에서 잔다고 했던 인도인 하인도 만나봐야 하고. 그런 다음 저 위대한 존스 형사가 수사하는 방법도 좀 살펴봐야지. 별로 날카롭지 않은 비아냥거림도 들어주고 말이야. '인간은 자신이 이해하지 못하는 것을 경멸하는 습관이 있다.' 괴테는 늘 핵심을 찌른다니까."

7
통에 얽힌 일화

나는 모스턴 양과 함께 경찰이 타고 온 마차에 올랐다. 모스턴 양은 마치 천사처럼 자신보다 더 약한 사람이 곁에 있을 때는 차분한 얼굴로 고통을 감내했다. 겁에 질린 식모를 위로할 때 이 숙녀는 밝고 침착했다. 그러나 마차에 오르자마자 모스턴 양은 안색이 창백해지더니 격한 울음을 터뜨렸다. 그날 밤 모험이 이 숙녀를 그토록 힘들게 한 것이다. 지금도 모스턴 양은 당시를 회상할 때면 내가 차갑고 거리감을 느끼게 했다고 말한다. 내 가슴속에서 전쟁이 벌어지고 있었으며, 내가 참느라 애를 쓰고 있었다는 걸 모스턴 양은 짐작조차 못 했다. 나의 연민과 사랑은 폰디체리 저택 정원에서 내 손이 그랬듯 모스턴 양을 향하고 있었다. 나는 그날 하루 동안 겪은 기이한 경험들을 통해 평범하게 몇 년을 알고 지냈어도 파악하지 못했을 그 숙녀의 착하고 용감한 성품을 확인했다. 그럼에도 두 가지 생각 때문에 솔직하게 고백할 수 없었다. 먼저 모스턴 양은 충격으로 마음이 불안하고 약해진 상태였다. 그런 상황에서 애정을 강요하는 건 숙녀를 곤란하게 만드는 행동이었다. 그리고 그보다 더 심각한 이유는 모스턴 양이 부자라는 사실이었다. 홈즈의 조사가 성공적으로 마무리되면 모스턴 양은 상속녀가 된다. 벌이도 시원찮은 군의관 주제에 어쩌다 생긴 친분을 이용한다면 과연 정당하고 명예롭다고 할 수 있을까? 모스턴 양이 나를 재산이나 노리는 속물로 여기지 않을까? 그건 상상조차 하기 싫었다. 아그라의 보물은 우리 사이에 가로놓인 높은 장벽 같았다.

2시가 다 되어서야 세실 포리스터 부인 댁에 도착했다. 하인들은 이미 몇 시간 전에 잠자리에 들었지만, 모스턴 양이 받은 의문의 편지가 너무나 흥미로웠던 포리스터 부인은 뜬눈으로 모스턴 양이 돌아오기만을 기다리고 있었다. 직접 문을 열어준 부인은 우아한 중년의 모습이었다. 부인이 모스턴 양의 허리를 팔로 살포시 감싸 안으며 어머니처럼 반가워하는 걸 보며 나는 안심이 됐다. 모스턴 양은 돈이나 축내는 딸린 식구가 아니라 친구로 대접받고 있었다. 포리스터 부인은 나를 소개받자, 안으로 들어가 그날 벌어진 일에 대해 얘기해달라고 간곡하게 말했다. 하지만 나는 중요한 일이 남아 있어서 그럴 수 없다고 양해를 구하고, 수사가 진전되면 꼭 찾아와 알려드리겠다고 약속했다. 다시 마차를 타고 떠나오면서 나는 슬며시 뒤를 돌아보았다. 단아한 두 사람이 서로를 감싸 안고 아직도 계단에 서 있었다. 문이 반쯤 열려 있고, 거실 불빛이 스테인드글라스를 통해 밖으로 흘러나왔다. 계단의 양탄자를 눌러

놓은 밝은 빛깔의 금속 막대와 기압계도 보였다. 끔찍하고 암울한 사건에 정신이 하나도 없었는데, 비록 잠깐이지만 평온한 영국 가정을 보고 마음이 진정되었다.

무슨 일이 일어났는지 생각할수록 점점 더 끔찍하고 암울해졌다. 나는 가스등이 켜진 도로를 덜컹대며 달리는 마차 안에서 그날 벌어진 아주 기이한 사건들을 돌이켜보았다. 발단이 되었던 문제는 이제 꽤 명확해졌다. 모스턴 대위의 죽음, 소포로 배달되는 진주, 모스턴 양을 찾는 광고, 그리고 편지에 얽힌 의문은 모두 해소되었다. 하지만 거기서 끝나지 않고 우리는 더 깊고 훨씬 비극적인 수수께끼로 빠져들었다. 인도에서 온 보물과 모스턴 대위의 짐에게서 발견된 이상한 도면, 숄토 소령이 죽을 때 벌어졌던 괴상한 사건, 보물 발견, 곧이어 피살된 최초 발견자, 범죄 현장에 남겨진 독특한 흔적들, 발자국, 희한한 흉기들, 모스턴 대위의 지도에 적혀 있던 글귀가 남겨진 종이까지…. 정말이지 미궁 속 같아서 내 친구 홈즈만큼 재능이 특출한 사람이 아니고서는 일말의 단서도 찾지 못하고 낙담했을 게 분명하다.

램버스 남부의 핀친 레인에는 2층짜리 낡은 벽돌집들이 줄지어 있었다. 3번지에 도착해 문을 한참 두드리고 나서야 인기척을 들을 수 있었다. 블라인드 뒤로 촛불 빛이 보이더니 위층 창문에서 누군가 얼굴을 내밀고 소리쳤다.

"술주정뱅이 놈아, 저리 가지 못해! 한 번만 더 문을 발로 차면 개 43마리를 풀어놓을 줄 알아!"

"딱 한 마리만 풀어주시면 됩니다. 그래서 찾아왔어요." 내가 올려다보며 말했다.

"썩 꺼져! 더 험한 꼴 당하고 싶지 않거든 당장 꺼지라고. 안 그러면 들고 있는 걸레짝을 던져 네놈 머리에 맞힐 테다."

"개 한 마리 때문에 왔다고요." 내가 소리쳤다.

"말싸움하고 싶지 않아!" 셔먼 씨가 외쳤다. "거기 꼼짝 말고 서 있어. 셋 하는 동시에 걸레를 떨어뜨릴 테니까."

"셜록 홈즈가…." 급한 마음에 내뱉은 그 이름이 마법 같은 효과를 냈다. 창문이 닫히더니 1분도 안 돼 빗장이 풀리고 문이 열렸다. 셔먼 씨는 홀쭉하게 마른 노인이었다. 굽은 어깨와 힘줄이 다 드러난 목, 푸른빛이 도는 안경이 눈에 띄었다.

"셜록 씨 친구라면 언제든 환영입니다." 셔먼 씨가 말했다. "들어오시죠. 오소리 조심하세요. 물거든요. 이런 장난꾸러기 같으니! 신사분을 깨물려고?" 이건 담비에게 하는 말이었다. 담비가 우리 창살 사이로 짓궂은 얼굴을 내밀고 빨간 눈을 반짝이고 있었다. "걱정 마세요. 날카로운 송곳니가 없는 도마뱀이랍니다. 벌레를 잡아먹기 때문에 방에 풀어두었죠. 제가 처음에 몰라 뵙고 무례하게 굴어 미안합니다. 아이들이 놀려댈 때도 있고, 아무 이유 없이 문을 두드리는 이들도 많아서 그랬어요. 그런데 셜록 홈즈 씨가 원하는 게 뭐라고요?"

"갖고 계신 개 한 마리를 필요로 하고 있습니다."

"아! 토비겠군요."

"맞아요, 토비라고 했어요."

"토비는 저기 왼쪽 7번 우리에 있어요." 셔먼 씨는 촛불을 들고 자신이 수집한 희귀한 동물 식구들 사이로 천천히 걸어갔다. 희미하고 어슴푸레한 빛을 통해 구석구석 후미진 곳마다 빠끔히 쳐다보는 눈들이 있는 걸 볼 수 있었다. 머리 위 서까래에도 새들이 근엄하게 줄지어 앉아 있다가 우리가 하는 대화에 잠을 깼는지 느릿느릿 한 발씩 움직였다.

토비는 털이 길고 귀가 늘어진 못생긴 개였다. 스패니얼과 러처의 피를 반씩 물려받았고, 털은 갈색과 흰색이 반씩 섞여 있었으며, 걸음걸이가 뒤뚱뒤뚱 아주 어색했다. 나는 셔먼 씨가 건네준 각설탕 하나를 토비에게 내밀었다. 토비는 잠시 머뭇거리더니 받아먹었다. 그 각설탕 하나로 동맹을 맺고, 토비는 나를 따라 마차에 올라 도착할 때까지 조금도 힘들게 하지 않았다. 다시 폰디체리 저택에 도착했을 때는 정확히 3시였다. 프로 권투 선수 출신인 맥머도는 공범으로 체포돼 새디어스와 함께 경찰서로 연행되고 없었다. 대신 순경 두 명이 좁은 문을 지키고 서 있었는데, 존스 형사 이름을 대자 토비와 함께 들어가게 해주었다.

홈즈는 두 손을 주머니에 넣고 파이프를 입에 문 채 현관에 서 있었다.

"자네, 토비를 데려왔군!" 홈즈가 반겼다. "토비, 착하지. 왓슨, 애셜니 존스는 갔어. 자네가 떠난 뒤 그자가 엄청난 힘을 발휘했지. 우리 친구 새디어스뿐만 아니라 문지기와 가정부, 그리고 인도인 하인까지 모두 잡아갔어. 위층에 있는 경위 한 명 말고는 우리만 남았네. 토비는 여기 두고 올라가자고."

우리는 토비를 거실 탁자에 묶어두고 계단을 올라갔다. 시신에 천이 덮인 것 빼고는 달라진 게 없었다. 피곤해 보이는 경위는 모퉁이 벽에 기대어 앉아 있었다. "경위, 꼬마전등 좀 빌립시다." 홈즈가 말했다. "왓슨, 램프를 끈으로 묶어 내 목에 좀 달아줘. 앞을 비출 수 있게 말이야. 고마워. 이제 신발과 양말을 벗어야겠군. 자네가 이것들 좀 챙겨줘. 내가 등반을 좀 할 거거든. 내 손수건을 크레오소트 용액에 적셔주겠나. 그 정도면 됐어. 이제 나랑 잠깐 다락방으로 올라가 보자고."

우리는 구멍을 통해 위로 기어 올라갔다. 홈즈는 다시 한 번 먼지 위에 난 발자국에 불빛을 비추었다.

"자네가 이 발자국에서 뭔가 특이한 점을 발견해낼 것 같은데 말이야." 홈즈가 말했다. "뭐 중요한 특징이 눈에 띄지 않아?"

"이 발자국들은 어린아이나 체구가 작은 여성의 것이야." 내가 말했다.

"크기 말고 다른 건 없어?"

"글쎄, 다른 발자국들과 비슷해 보이는데."

"전혀 그렇지 않아. 여기 봐! 이건 오른쪽 발자국이야. 자, 내가 그 옆에 맨발로 자국을 만들었네. 내 발자국과 이 발자국의 가장 큰 차이가 뭔가?"

"자네 발가락들은 모두 모아졌는데, 저건 발가락 사이사이가 눈에 띄게 벌어졌군."

"그렇지. 그게 핵심이야. 기억해두라고. 이제 저쪽 들창에 가서 나무 창틀의 냄새를 맡아보겠나? 나는 손수건을 들고 있어서 여기 있어야 해."

홈즈가 시키는 대로 들창에 코를 갖다 대자 강렬한 타르 냄새가 코를 찔렀다.

"공범이 빠져나갈 때 거기에 발을 댄 거야. 자네가 맡을 수 있을 정도의 냄새라면 토비에게 아무런 어려움이 없겠군. 이제 내려가서 토비를 풀어주고, 블롱댕(1800년대에 유럽과 미국에서 활약한 프랑스 출신 곡예사. 외줄타기로 나이아가라 폭포 횡단에 성공했다—옮긴이)을 만나보게."

내가 정원으로 나왔을 때 홈즈는 지붕에 올라가 있었다. 마치 거대한 반딧불이 한 마리가 지붕의 용마루를 천천히 기어 가는 것 같았다. 굴뚝에 가려 보이지 않다가 다시 모습을 드러 내고, 또다시 반대쪽으로 사라졌다. 내가 뒤쪽으로 돌아가자 홈즈가 모퉁이 처마에 앉아 있었다.

"왓슨, 자넨가?" 홈즈가 위에서 외쳤다.

"맞아."

"바로 여기가 놈이 있었던 곳이야. 거기 검은 물건은 뭐지?"

"물통 같은데."

"뚜껑은 덮여 있고?"

"응."

"사다리 같은 건 안 보여?"

"안 보이는데."

"이런. 아주 가파른 곳인데 놈이 올라온 대로 내려가야겠군. 배수관이 꽤 튼튼해 보이니까 한번 가보지!"

쉭쉭 발 미끄러지는 소리가 나더니 전등 불빛이 벽을 타고 내려오기 시작했다. 이어 홈즈가 통 위로 가볍게 뛰어내리더 니 다시 아래로 착지했다.

"놈의 이동 경로를 추적하는 건 어렵지 않았어." 양말과 신 발을 챙겨 신으며 홈즈가 말했다. "놈이 지나간 곳마다 기왓장 이 흐트러졌더군. 그리고 서둘러 도망치다가 이걸 떨어뜨렸지 뭐야. 자네 같은 의사들 표현을 빌리면, 내 진단이 정확하다고 확인을 받은 셈이지."

홈즈가 보여준 물건은 염색한 풀을 엮어 만든 작은 주머니

혹은 가방이었는데, 반짝이는 구슬이 몇 개 달려 있었다. 모양이나 크기로 보아 담배 케이스 같지는 않았다. 안에는 검은 빛깔의 나무 가시 6개가 들어 있었다. 한쪽은 날카롭고 다른 한쪽은 둥글게 다듬어진 모양이 바솔로뮤 숄토에게 박혀 있던 것과 똑같았다.

"섬뜩한 물건이야." 홈즈가 말했다. "찔리지 않게 조심해. 그걸 찾아서 얼마나 다행인지 몰라. 그게 놈이 가진 전부라면 말이지. 자네나 내가 당장 이 독침을 맞을 위험은 줄었잖아. 나라면 차라리 마르티니 총알을 맞는 게 낫겠어. 왓슨, 자네 10킬로미터쯤 걸을 수 있겠나?"

"물론이지." 내가 대답했다.

"자네 다리로 괜찮을까?"

"그럼, 괜찮아."

"자, 토비! 이거 맡아봐, 잘 맡아야 돼." 홈즈는 크레오소트가 묻은 손수건을 토비의 코에 가까이 댔다. 토비는 털이 보송보송한 다리를 벌리고 서서 꼬리를 머리 쪽으로 아주 우스꽝스럽게 세운 채, 마치 유명 와인의 향미를 감식하는 전문가처럼 냄새를 맡았다. 홈즈는 손수건을 멀리 던지고 토비의 목에 튼튼한 줄을 채운 다음 물통 쪽으로 데려갔다. 토비는 큰 소리로 으르렁대며 크게 짖더니, 코를 땅에 박고 꼬리를 세운 채 타닥타닥 달리기 시작했다. 홈즈와 나도 팽팽하게 당겨진 목줄을 붙잡고 토비를 따라 전력 질주했다.

동쪽 하늘이 점점 밝아오고 있었다. 차가운 회색빛으로 어둠이 약해지면서 시야도 어느 정도 트였다. 우리 뒤로 사각형의 거대한 저택이 황량하고 처량한 모습을 드러냈다. 아무도 없는 방의 창문은 깜깜하고, 벽은 민숭민숭 높기만 했다. 우리는 정원을 가로질러 여기저기 파헤쳐진 구덩이들 사이로 요리조리 움직였다. 어지럽게 쌓인 흙더미와 시든 관목이 즐비한 정원의 모습이 이 집에 닥친 암울한 비극과 잘 어울렸다.

토비는 담벼락에 이르러 연신 코를 킁킁대며 담벼락 그림자를 따라 움직이더니 마침내 너도밤나무에 가려진 모퉁이에 멈춰 섰다. 두 벽이 만나는 지점에 벽돌 몇 개가 헐거워져 있었고, 그 틈들은 아랫부분이 둥글게 닳아 있었다. 누군가 담벼락을 오르고 내릴 때 사다리처럼 자주 사용한 것 같았다. 담벼락을 기어오른 홈즈는 토비를 받아 올려 담장 밖에 내려놓았다.

"저기 의족을 한 사내의 손자국이 남아 있군." 내가 올라가자 홈즈가 말했다. "하얀 회반죽 위에 혈흔이 약간 보이지? 어젯밤 비가 많이 안 내려서 정말 다행이야! 놈들이 달아난 지 28시간이 지났지만, 길에 아직 냄새가 남아 있을 거야."

솔직히 그때 나는 홈즈와 달리 런던 시내의 교통 사정을 떠올리며 별 기대를 하지 않았다. 그러나 이내 내가 괜한 걱정을 했다는 것을 알았다. 토비는 한 번도 주저하거나 방향을 틀지 않고 특유의 킁킁 소리와 함께 뒤뚱뒤뚱 걸어 나갔다. 확실히 크레오소트의 톡 쏘는 냄새가 다른 냄새들보다 강하게 느껴졌다.

"혹시라도 말이야." 홈즈가 말했다. "내가 단순히 범인의 발에 묻은 화학 약품에만 의존하고 있다고 생각하지 말아줘. 범인들을 추적할 방법은 이것 말고도 많아. 다만 이 방법이 가장 쉽고, 이렇게 좋은 기회가 주어졌는데 무시하는 것도 옳은 일은 아니라서 그래. 일이 이렇게 되면서 당초 기대하던 것만큼 머리를 많이 써야 할 필요는 없어졌지만 말이야. 이렇게 아주 확실한 단서가 없었더라면 나의 놀라운 지적 능력이 인정을 좀 받았을 텐데."

"지금도 자네 능력은 인정하고도 남아." 내가 말했다. "진심이야, 홈즈. 나는 이번 사건에서 자네가 결론에 이르는 과정을 지켜보면서 지난번 제퍼슨 호프 살인 사건 때보다 훨씬 더 놀랐어. 내게는 모든 것들이 그때보다 훨씬 심오하고 난해하거든. 예를 들어 그 의족을 한 사내에 대해서는 어떻게 그런 확신을 갖고 설명할 수 있었지?"

"뭐야, 자네, 단순한 거잖아. 과장이 아니야. 아주 훤히 드러나는 거라고. 교도소 경비 대대를 지휘하던 장교 두 명이 숨겨진 보물에 관한 아주 중요한 비밀을 알게 되었어. 조너선 스몰이라는 이름의 영국인이 그들을 위해 지도를 한 장 그려주었지. 모스턴 대위의 소지품에서 나온 도면에서 봤던 그 이름 기억할 거야. 조너선은 자신과 동료 세 명의 이름을 적고 '네 사람의 서명'이라고 다소 극적인 표현을 썼지. 그 지도를 이용해 장교 둘이서, 아니면 둘 중 한 명이 보물을 찾아내 영국으로 옮겨왔어. 여기서 짐작할 수 있는 건 그자가 처음 지도를 받을 때 약속했던 조건을 이행하지 않았다는 거야. 그리고 또 하나, 왜 조너선 스몰은 직접 보물을 찾지 않았을까? 답은 명확해.

그 지도는 모스턴 대위가 죄수들과 가까이 지낼 때 그려졌어. 조너선 스몰은 동료들과 함께 감옥에서 벗어날 수 없는 신세라 보물을 직접 찾을 수 없었던 거지."

"하지만 그건 그저 추측일 뿐이잖아." 내가 말했다.

"단순한 추측이 아니야. 모든 사실을 설명할 수 있는 유일한 가설이지. 어째서 그런지 차례대로 살펴보자고. 숄토 소령은 보물을 차지하고 수년간 평화롭고 행복하게 지냈어. 그런데 인도에서 온 편지 한 통을 받고 엄청난 공포에 휩싸였지. 왜 그랬을까?"

"자신이 부당하게 대우한 이들이 풀려났다는 내용이었겠지."

"아니면 탈옥을 했거나. 탈옥했을 가능성이 훨씬 커. 왜냐면 숄토 소령이 죄수들의 형기를 알고 있었을 테니까. 예정된 출소였다면 그렇게 놀라지는 않았을 거야. 그렇다면 숄토 소령은 어떻게 했을까? 의족을 한 사내를 경계하기 시작했어. 중요한 건 그 의족을 한 사내가 백인이라는 거야. 숄토 소령이 백인 잡상인을 잘못 의심해 총으로 쐈던 일을 생각하면 알 수 있지. 그 도면에는 백인 이름이 딱 하나밖에 없었어. 나머지는 힌두교도나 회교도이고, 백인은 더 없어. 그러니 의족을 한 사내가 조너선 스몰이라고 확실히 말할 수 있지. 내 추리에 문제가 있다고 생각하나?"

"아냐, 간단명료해."

"이제 우리가 조너선 스몰이라고 생각해보자고. 그자의 입장이 되어보는 거야. 조너선 스몰이 영국으로 올 때는 마땅히 자신의 권리라고 생각하던 것을 되찾고, 자신을 속인 이에게 앙갚음을 하겠다는 두 가지 생각이 있었어. 그자는 숄토 소령이 사는 곳을 알아냈고, 그 집에 사는 누군가와 내통했을 가능성이 아주 높지. 랄 라오라고 우리가 만난 적 없는 집사가 있어. 번스톤 부인이 그 집사에 대해 별로 좋게 말하지 않더군. 어쨌거나 그럼에도 스몰은 보물이 숨겨진 곳을 찾아내지 못했어. 숄토 소령과 이미 죽은 충직한 하인 외에는 아무도 몰랐으니까. 그러다 갑자기 숄토 소령이 임종을 앞두고 있다는 소식을 전해 듣지. 보물의 비밀을 알아내지 못한 채 소령을 죽게 해서는 안 된다는 생각에 다급해진 스몰은 경비를 뚫고 소령의 방 창문까지 갔지만, 두 아들과 함께 있는 모습을 보고 들어가지 못했어. 숄토 소령이 그대로 죽자, 증오심에 불탄 스몰은 그날 밤 소령의 방에 들어가 보물과 관련한 기록이 남아 있지 않을까 희망을 품고 문서들을 뒤졌어. 하지만 소득이 없자, 쪽지에 글씨를 써서 자신이 다녀갔다는 표시를 남기지. 스몰 그자는 분명히 사전에 계획했을 거야. 소령을 살해한다면 일반적인 살인과 다른 정의의 실천이라는 징표로 시신에 그런 글귀를 남기겠다고 말이야. 네 사람 처지에서는 그렇게 볼 수도 있으니까. 이런 식의 엉뚱하고 기이한 발상은 범죄 역사에서 아주 흔하고, 범인을 잡는 데 중요한 단서를 제공하지. 내 말 다 알아듣겠어?"

"그럼 물론이지."

"그 뒤로 조너선 스몰이 무엇을 할 수 있었을까? 보물을 찾으려 애쓰는 모습을 몰래 지켜보는 수밖에 없었어. 아마도 영국을 떠나 있으면서 이따금 한 번씩 들어왔을 거야. 그러다 비밀 공간을 찾았다는 소식을 전해 듣지. 집 안에 공모자가 있다는 걸 다시 한 번 확인시켜주는 대목이야. 의족을 한 조너선 혼자 힘으로는 높이 있는 바솔로뮤 방까지 올라가는 게 불가능해. 그 난관을 극복하려고 좀 특별한 동료를 동반하는데, 그만 그 동료의 맨발에 크레오소트 용액이 묻고 만 거지. 그 바람에 토비까지 끌어들이고, 아킬레스건을 다친 군의관을 10킬로미터나 걷게 했지만 말이야."

"그런데 살인을 저지른 건 조너선이 아니라 공범이잖아."

"맞아. 조너선이 방에 들어와 걸어 다닌 흔적으로 판단해볼 때, 그자는 살인을 원하지 않았던 것 같아. 바솔로뮤 숄토에게는 원한을 품지 않았으니 그저 몸을 묶고 재갈을 물리는 정도면 좋겠다고 생각했을 거야. 교수형을 당하고 싶지는 않았을 테니까. 그런데 어쩔 도리가 없었어. 동료의 잔인한 본성이 깨어나면서 독침을 쏘고 말았지. 그래서 조너선 스몰은 글로 징표를 남기고, 보물을 지상으로 내린 다음 자신도 따라 내려갔지. 이게 내가 파악할 수 있는 사건의 전말이야. 범인의 인상착의야 뭐 중년인 건 당연하고, 안다만 제도처럼 뜨거운 지역에서 지냈으니 틀림없이 그을렸겠지. 키는 보폭으로 어렵지 않게 계산했고, 얼굴에 수염이 있다는 건 이미 알고 있었잖아. 새디어스가 창문에 서 있던 그자의 얼굴을 봤을 때 기억에 남았던 부분이 바로 덥수룩한 털이라고 했으니까. 그 밖에 더 뭐가 있는지는 모르겠네."

"공범은?"

"아, 뭐, 대단한 수수께끼는 아니야. 자네도 곧 모든 걸 알게 될 거야. 아침 공기 참 좋군! 저기 떠가는 작은 구름 좀 봐. 거대한 홍학에서 떨어져 나온 분홍 깃털 같잖아. 이제 태양의 붉은 테두리가 런던의 짙은 구름 위로 떠오르는군. 태양이 지상의 수많은 사람에게 비추지만, 그중에 자네나 나보다 더 희한한 일을 하는 사람은 없을 거야. 자연의 위대하고 놀라운 힘 앞에서는 인간의 야망과 노력이 얼마나 미천하게 느껴지는지! 자네, 장 파울(독일 문학사에서 괴테와 비견되는 명성을 지닌 소설가로, 본명은 장 파울 프리드리히 리히터―옮긴이)에 대해 잘 알지?"

"아주 잘 알지. 칼라일이 쓴 글을 읽고 장 파울에 매료되었지."

"나는 개울을 따라가다 발원지인 호수를 만난 것 같은 기분이었거든. 장 파울이 기발하면서도 심오한 말을 하나 남겼어. '인간의 진정한 위대함은 자신의 미천함을 인식하는 데 있다.' 비교하고 차이를 인정할 줄 아는 능력 자체가 인간의 고결함을 증명한다는 얘기지. 리히터 작품에는 생각할 거리가 많아. 자네, 권총 안 가져왔지?"

"지팡이가 있잖아."

"놈들의 은신처에 닿으면 그런 물건이 필요할 수도 있을 거야. 조너선은 자네가 맡아줘. 다른 한 놈이 고약하게 나오면 총으로 쏴 죽여야 하니까."

홈즈는 이렇게 말하면서 권총을 꺼내 총알 두 발을 장전하고 외투 오른쪽 주머니에 다시 집어넣었다.

우리는 토비가 이끄는 대로 약간 시골 느낌이 나는 저택들을 지나 번화가에 이르렀다. 어느새 거리에는 노동자들과 부두 인부들이 바삐 움직이고, 몸 파는 여자들이 가게 문을 닫고 현관 계단을 쓸고 있었다. 모퉁이에 있는 지붕이 네모난 선술집은 벌써 영업을 시작해 험상궂게 생긴 남자들이 아침부터 한잔씩 걸치고 나오며 소맷자락으로 턱수염을 문질렀다. 낯선 개들이 어슬렁대며 다가와 호기심 가득한 눈으로 우리가 지나가는 것을 지켜보았다. 누구도 흉내 낼 수 없는 우리의 토비는 좌우 어느 쪽으로도 시선을 주지 않고 코를 땅에 박은 채 빠르게 앞으로 나아가며, 이따금씩 낑낑대는 소리로 향이 강렬해졌음을 알렸다.

우리는 스트레텀, 브릭스턴, 캠버웰을 지난 후 오벌 동쪽으로 향하는 골목길을 통과하더니 케닝턴 레인에 이르렀다. 우리가 쫓고 있는 자들은 아마도 추적을 피하려고 일부러 복잡한 경로를 택한 것 같았다. 놈들은 골목길이 있으면 절대 큰길을 이용하지 않았다. 케닝턴 레인 끝에서 본드 스트리트와 마일 스트리트를 통해 왼쪽으로 방향을 틀었다. 마일 스트리트를 따라가다 기사의 집에 이르자 토비가 멈춰 섰다. 몸을 돌려 온 길을 되돌아가려는 듯하더니 다시 앞을 향했다. 한쪽 귀는 쫑긋 세우고, 다른 쪽 귀는 축 늘어뜨린 모양새가 개들이 망설일 때 보이는 전형적인 모습이었다. 토비는 그 자리를 뱅글뱅글 돌면서 당혹스러운 듯 한 번씩 애절하게 우리를 올려다보았다.

"대체 뭐가 문제지?" 홈즈가 투덜거렸다. "놈들이 마차를 탔거나 기구를 타고 사라졌을 리 없잖아."

"여기서 잠깐 서 있었던 모양이지." 내가 말했다.

"아, 됐어! 토비가 다시 움직여." 홈즈가 안도한 듯 말했다.

토비는 정말로 다시 움직였다. 킁킁대며 주위 냄새를 맡더니 갑자기 결심이 선 듯 전보다 더 힘차게 달렸다. 냄새가 훨씬 강렬해졌는지 토비는 땅에 코를 대지도 않고 목줄이 팽팽하게 당겨질 정도로 빠르게 달렸다. 홈즈의 눈빛이 반짝이는 걸 보니 목적지가 얼마 남지 않았음을 알 수 있었다.

나인 엘름스를 달려 우리가 도착한 곳은 화이트 이글 술집 바로 옆에 있는 브로더릭 앤드 넬슨의 대규모 야적장이었다. 그 앞에서 토비는 흥분해 날뛰더니 쪽문을 통해 안으로 들어갔다. 이미 작업을 시작한 인부들이 톱질을 하고 있었다. 토비는 톱밥과 대팻밥을 뛰어넘어 요리조리 움직이더니 두 개의 목재 더미 사이를 지났다. 그리고 마침내 해냈다는 듯 크게 한 번 짖더니 큰 통 위로 뛰어올랐다. 통은 운반할 때 쓴 손수레에서 내리지 않은 상태였다. 토비는 혀를 축 늘어뜨린 채 우리가 칭찬해주기를 기다리며 눈을 끔뻑거렸다. 통의 널빤지와 손수레 바퀴에 검은 빛깔의 액체가 묻어 있고, 그 주변에서는 크레오소트 냄새가 진동했다.

홈즈와 나는 서로를 멍하니 바라보다가 동시에 웃음을 터뜨렸다.

8
베이커 스트리트 이레귤러스

"이제 어쩌지?" 내가 물었다. "절대 틀리는 법이 없다던 토비의 기록이 오늘 무너졌군."

"토비는 자기 기준에 맞게 움직였어." 홈즈는 이렇게 말하고 토비를 통에서 내려 야적장 밖으로 데리고 나왔다. "하루에도 얼마나 많은 크레오소트가 런던 시내에서 운반되는지 생각해 보면 충분히 길이 엇갈렸을 수 있어. 특히 요새 목재 보존재로 많이 사용되고 있어서 가엾은 토비 탓만 할 수도 없지."

"다시 그 냄새를 찾아야 할 것 같은데 말이야."

"그래. 다행히 여기서 멀지는 않아. 토비가 기사의 집 모퉁이에서 어쩔 줄 몰라 했으니 거기서 길이 두 갈래로 나뉜 것 같아. 서로 반대 방향으로. 지금 이 길은 틀렸으니까 남은 길로 가면 되겠지."

그건 전혀 어렵지 않은 일이었다. 토비는 실수한 지점으로 다시 돌아가자, 큰 원을 그리며 고민하더니 마침내 좀 전과 다른 방향으로 달려 나갔다.

"토비가 아까 그 크레오소트 통이 처음 있었던 곳으로 가면 안 되는데." 내가 말했다.

"나도 그 생각을 했지. 하지만 토비는 계속 인도로 가잖아. 통은 차도로 운반되었을 텐데 말이지. 이번에는 냄새를 제대로 찾은 거야."

토비는 강가 쪽으로 향했다. 벨몬트 광장과 프린스 스트리트를 지나 브로드 스트리트 끝에서 토비는 물가로 달려갔다. 거기에 나무로 된 작은 선창이 있었는데, 토비는 선창 가장자리까지 우리를 끌고 가더니 낑낑대며 어두운 강물을 바라보았다.

"운이 다했군." 홈즈가 말했다. "놈들이 여기서 배를 탔어." 작은 배 몇 척이 강물에 떠 있거나 선창에 묶여 있었다. 우리는 토비를 데리고 배들을 하나씩 살펴보았다. 토비는 열심히 킁킁댔지만 냄새를 찾지 못했다.

조잡한 선창 근처에 작은 벽돌집이 있었다. 2층 창문에 내걸린 나무 팻말에는 큰 글씨로 '모드케이 스미스'라고 적혀 있었다. 그 아래에는 '배를 빌려드립니다'라는 글귀가 있었다. 문 바로 위에 적힌 두 번째 글귀와 선창에 잔뜩 쌓여 있는 석탄 연료 더미를 보니 증기선을 보유한 집임을 알 수 있었다. 홈즈는 천천히 주위를 둘러보더니 불길한 표정을 지었다.

"별로 좋지 않은데." 홈즈가 말했다. "놈들이 생각보다 예리해. 종적을 감췄어. 아무래도 사전에 여기서 계획을 세웠던 것 같군."

홈즈가 그 집 문으로 다가갔다. 문을 열자 곱슬머리에 여섯 살쯤 되어 보이는 사내아이가 튀어나왔다. 그 뒤로 뚱뚱하고 얼굴이 빨갛게 상기된 여자가 손에 커다란 스펀지를 들고 쫓아왔다.

"잭, 이리 와서 씻어야지." 여자가 소리쳤다. "빨리 들어와, 말썽꾸러기. 아버지가 집에 돌아와 너 그러고 있는 꼴 보면 우리 모두 한소리 듣는단 말이야."

"귀여운 꼬마 친구!" 홈즈가 의도적으로 그렇게 말했다. "볼이 빨개서 아주 예쁘구나! 자, 잭, 뭐 갖고 싶은 거 있니?"

아이는 잠시 생각하더니 "1실링 갖고 싶어요"라고 말했다.

"더 원하는 건 없고?"

"2실링이면 더 좋죠." 영리한 꼬마였다.

"여기 있다. 자, 받아! 스미스 부인, 똘똘한 아이군요."

"고맙습니다. 애가 좀 빠른 편이죠. 갈수록 감당하기가 힘드네요. 애들 아버지가 며칠씩 집을 비우면 특히 심하죠."

"스미스 씨가 안 계신다고요?" 홈즈가 실망한 목소리로 말했다. "이런, 스미스 씨에게 용건이 있어서 왔는데 안타깝네요."

"어제 새벽에 나가서 안 들어왔어요. 실은 그래서 저도 걱정하고 있답니다. 배가 필요하신 거라면 제가 도와드릴 수 있을 텐데요."

"증기선을 빌리려고 왔습니다만."

"이런, 증기선은 남편이 타고 나갔어요. 제가 불안한 것도 그래서죠. 제가 알기로는 배 연료가 울리치에 다녀올 정도밖에 안 되거든요. 바지선을 타고 나갔다면 아무 걱정 안 했을 텐데. 수시로 일 때문에 그레이브젠드까지 갔다가 자고 오기도 하니까요. 그런데 연료도 없는 증기선으로 대체 뭘 할 수 있겠어요?"

"강 하류 선창에서 연료를 샀을 수도 있죠."

"그 방법도 있지만, 남편은 그럴 사람이 아니거든요. 석탄 몇 자루를 터무니없이 비싸게 판다고 얼마나 뭐라 했는데요. 게다가 저는 그 의족을 한 사내가 싫어요. 얼굴도 험상궂고 말투도 희한하고. 왜 그렇게 여기 와서 문을 두드렸나 몰라요."

"의족을 한 사내라고요?" 홈즈가 약간 놀란 표정으로 말했다.

"네, 그을린 피부에 원숭이같이 생긴 남자인데, 남편을 몇 번이나 찾아왔어요. 어제 새벽에도 그 사람이 남편을 깨웠어요. 남편이 증기선에 미리 불을 올려놓은 걸 보면 그 남자가 올 걸 알고 있었던 것 같아요. 솔직히 그래서 마음이 편하질 않아요."

"스미스 부인." 홈즈가 어깨를 으쓱하며 말했다. "괜한 걱정을 하시는 것 같습니다. 어제 새벽에 온 사람이 의족을 한 사내라고 어떻게 확신하실 수 있죠? 저는 납득이 잘 안 되는데요."

"목소리 때문이에요. 제가 그 사람 목소리를 알거든요. 굵고 걸걸하죠. 3시쯤 됐을 거예요. 그 사람이 창문을 두드렸어요.

'서둘러 친구, 떠날 시간이야' 하더군요. 남편은 큰아들 짐을 깨워 데리고 나갔어요. 저한테는 한마디도 않고 말이죠. '딱딱' 의족이 돌에 부딪치는 소리가 났어요."

"의족을 한 사내 혼자였나요?"

"그건 확실히 모르겠어요. 다른 사람 소리를 못 듣긴 했지만."

"증기선을 빌리고 싶었는데 유감이네요, 스미스 부인. 좋다는 얘기를 많이 들었거든요, 그 증기선 이름이… 뭐였죠?"

"오로라호예요."

"아! 노란 띠를 두른 초록색 낡은 증기선 아닌가요? 선폭이 꽤 넓은?"

"아니에요. 강에 떠 있는 다른 배들처럼 작고 말끔해요. 칠을 새로 해서 검정 바탕에 빨간 줄이 두 개 있어요."

"고맙습니다. 스미스 씨로부터 곧 소식이 있기를 빌겠습니다. 제가 배를 타고 가다 오로라호를 보면 부인이 염려하신다고 남편 분께 꼭 전하겠습니다. 굴뚝이 검은색이라고 했나요?"

"아니에요. 굴뚝은 검정 바탕에 흰 줄이 하나 있어요."

"아, 그렇죠. 선체가 검은색이라고 하셨죠. 스미스 부인, 그럼 가보겠습니다. 왓슨, 저기 나룻배에 사공이 있군. 저걸 타고 강을 건너자고."

"저런 부류의 사람들을 상대할 때는 말이야." 나룻배에 앉으며 홈즈가 말했다. "그들의 얘기가 우리에게 조금이라도 중요한 정보가 될 수 있다는 걸 알아채지 못하게 하는 게 관건이야. 눈치채는 순간 굴처럼 입을 꼭 닫아버리거든. 딴소리도 해가면서 마지못해 듣는 척해야 원하는 걸 얻을 수 있어."

"우리가 갈 곳은 꽤 확실해진 것 같은데."

"어떻게 해야 할 것 같은가?"

"나라면 증기선을 빌려 강 하류로 내려가면서 오로라호를 찾겠는데 말이야."

"이봐, 친구. 그러자면 일이 엄청 커질 텐데. 여기서부터 그리니치 사이에 있는 선창 어딘가에 오로라호가 정박해 있을 거야. 하지만 다리 아래쪽에 엄청 많은 선창들이 미로처럼 얽혀 있다고. 자네 혼자 그 많은 곳을 다 돌아보려면 몇 날 며칠이 걸릴지 몰라."

"그럼 경찰력을 동원해야지."

"안 돼. 나는 가장 마지막 순간에 애셜니 존스를 부를 거야. 그자가 나쁜 사람은 아니라서 나도 직업적으로 피해를 주고 싶지는 않아. 하지만 기왕 여기까지 왔으니 내 힘으로 해결하고 싶어."

"그럼 선창 관리인들에게 배의 행방을 묻는 광고를 내면 어떨까?"

"그건 더 안 좋은 생각이야! 그랬다가는 놈들이 바짝 쫓기고 있다는 걸 알고 영국을 뜰지도 몰라. 지금도 해외로 도주할 가능성은 충분하지만, 스스로 안전하다고 생각하면 서두르지는 않을 거야. 바로 이 대목에서 존스의 에너지가 필요하지. 존스가 자신의 수사 방향을 일간지를 통해 알리면, 도주하고 있는 놈들은 그 기사를 보고 다들 헛다리를 짚고 있다고 안심할 테니까 말이야."

"그럼 우리는 뭘 해야 하지?" 배가 밀뱅크 교도소 근처에 도착했을 때 내가 물었다.

"우선 이륜마차를 타고 집으로 가서 아침을 먹고 한 시간쯤 눈을 붙이자고. 오늘 밤에 다시 움직여야 할 것 같으니까 말이야. 마부, 가는 길에 우체국에 잠깐 들르게! 토비는 더 필요할 수 있으니 계속 데리고 있는 게 좋겠어."

마차가 그레이트 피터 스트리트 우체국 앞에 멈춰 섰다. 홈즈는 전보를 치고 돌아왔다. 다시 마차가 출발하자 홈즈가 내게 물었다. "누구에게 전보를 보냈을 것 같은가?"

"전혀 모르겠는걸."

"자네 혹시 제퍼슨 호프 사건 때 내가 베이커 스트리트 이레귤러스(이레귤러스irregulars는 '비정규군'이라는 뜻으로, '베이커 스트리트 이레귤러스'는 홈즈를 돕는 거리의 아이들을 가리킨다—옮긴이)를 고용한 것 기억하지?"

"물론이지." 나는 웃으며 말했다.

"이번 사건에서 그들이 또 한 번 실력을 발휘할 거야. 녀석들이 실패할 때를 대비해 다른 방법도 생각해뒀지만, 일단 시도해봐야지. 꾀죄죄한 꼬마 대장 위긴스에게 전보를 쳤어. 내 생각에는 우리가 아침을 다 먹기도 전에 위긴스와 그 일당이 들이닥칠 거야."

시계가 9시를 향하고 있었다. 간밤에 겪은 많은 일의 여파가 그제야 강하게 느껴졌다. 지치고 기운이 쭉 빠져 정신이 몽롱하고 몸은 고단했다. 나는 홈즈처럼 직업적 열정이 있는 것도 아니고, 사건을 심오하고 지적인 문제로만 볼 수도 없었다. 바솔로뮤 숄토의 죽음만 해도 그자에 대해 좋은 얘기를 들은 게 별로 없어서 살인범들에게 느끼는 반감이 크지 않았다. 그러나 보물은 얘기가 다르다. 보물의 전부 혹은 절반은 마땅히 모스턴 양의 몫이다. 보물을 되찾을 기회가 있다면 나는 인생을 바칠 각오가 되어 있다. 사실 내가 보물을 찾으면 모스턴 양은 내게서 영영 멀어질 것이다. 그렇다고 모스턴 양을 돕지 않는다면 옹졸하고 이기적인 사랑에 지나지 않는다. 홈즈가 일하는 이유가 범인을 잡기 위해서라면, 나는 홈즈보다 10배는 더 강한 이유로 보물을 찾아야 했다.

베이커 스트리트 하숙집에서 목욕을 하고 나니 몸이 개운하고 기분도 아주 상쾌했다. 내가 방으로 내려가니 이미 아침 식사가 차려져 있었고 홈즈가 커피를 따르는 중이었다.

"이걸 봐." 홈즈가 펼쳐져 있는 〈스탠더드〉 신문을 가리키며 웃었다. "힘이 넘치는 존스와 종횡무진하는 기자가 작품을 하나 만들었어. 자네는 이번 사건이라면 질리도록 들었으니까 햄과 달걀을 먼저 들지그래."

나는 홈즈에게서 신문을 건네받아 '어퍼노우드에서 발생한 기괴한 사건'이라는 제목의 기사를 읽었다.

어제 자정 무렵 어퍼노우드의 폰디체리 저택에서 살해된 것으로 보이는 주인 바솔로뮤 숄토 씨의 시신이 발견되었다. 시신에서 폭행을 당한 흔적은 발견되지 않았으나 숄토 씨가 아버지에게서 유산으로 받은 고가의 인도 보물이 사라졌다. 사건 현장을 처음 발견한 이는 셜록 홈즈 씨와 의사인 왓슨 씨다. 이들은 죽은 바솔로뮤 숄토 씨의 동생인 새디어스 숄토 씨와 함께 이 집을 방문한 것으로 전해졌다. 한편 운 좋게도 사건이 신고될 당시는 때마침 수사계에서 명망 높은 애셜니 존스 형사가 노우드 경찰서를 방문한 때였다. 존스 형사는 사건이 접수된 지 30분이 채 안 돼 사건 현장에 도착했다. 노련하고 단련된 실력으로 용의자의 신원을 파악하는 데 애쓴 결과, 존스 형사는 죽은 숄토 씨의 동생인 새디어스 숄토와 가정부 번스톤 부인, 인도인 집사 랄 라오, 그리고 경호원이자 문지기인 맥머도를 체포하는 성과를 올렸다. 존스 형사는 몇 가지 이유에서 집안 구조를 잘 아는 사람이 범행을 저질렀다고 확신했다. 존스 형사는 탁월한 전문 지식과 철저한 현장 조사를 통해 범인이 방문이나 창으로는 들어올 수 없었으며, 저택 지붕과 시신이 발견된 방을 연결하는 들창을 통해 침입했다는 것을 알아냈다. 이 같은 명백한 사실들을 근거로 이번 사건은 단순한 우발적인 범행이 아닌 것으로 결론이 났다. 이번 사건을 통해 현장에 적극적이고 숙달된 수사관이 있을 때 경찰들이 훨씬 신속하고 효과적으로 직무를 수행한다는 점이 확인되었다. 수사관들이 지금보다 더 분산돼 더욱 신속하고 효과적인 수사가 이

뤄지길 바라는 이들의 주장에 힘이 실릴 것으로 보인다.

"정말 근사하지 않아?" 커피 잔에 얼굴이 반쯤 가려진 홈즈가 미소를 지었다. "자네 생각은 어때?"

"하마터면 우리도 용의자로 체포될 뻔한 것 같은데."

"내 생각도 그래. 지금도 안전하다고는 말 못 하지. 존스가 또 한 번 실력 발휘를 할지도 모르니까."

그때 밖에서 초인종이 크게 울렸다. 하숙집 주인 허드슨 부인이 놀라고 낙담해 푸념하는 목소리가 높아졌다.

"맙소사, 정말 우리를 잡으러 온 것 같은데." 내가 몸을 일으키며 말했다.

"아냐, 그 정도로 나쁘지는 않을걸. 우리를 도와줄 비정규군, 베이커 스트리트 이레귤러스가 온 거야."

홈즈의 말과 동시에 와자지껄 떠들며 맨발로 타닥타닥 빠르게 계단을 올라오는 소리가 들렸다. 이내 추레한 차림의 집 없는 아이들 12명이 방으로 몰려들었다. 요란하게 들어오기는 했지만 제법 규율이 잡힌 모습이었다. 홈즈와 나를 바라보며 일렬로 나란히 섰다. 그중 키가 가장 크고 나이도 가장 많아 보이는 녀석이 당당하게 앞으로 나와 섰다. 볼품없고 남루한 차림에 가벼운 우월감이라니 아주 익살맞았다.

"연락을 받고 신속하게 움직였습니다. 차비로 3실링 6펜스 들었습니다." 녀석이 말했다.

"자, 여기." 홈즈가 은화를 꺼내서 건넸다. "앞으로는 위긴스 자네가 모든 보고를 받아 나한테 전해주게. 이런 식으로 모두 쳐들어오는 건 안 되겠어. 어쨌거나 이참에 너희 모두가 지시 사항을 들을 수 있으니 잘된 일이다. 지금부터 너희는 증기선 한 척을 찾아야 한다. 이름은 오로라호, 주인은 모드케이 스미스, 선체는 검정 바탕에 빨간 줄이 두 개 있고, 굴뚝은 검정 바탕에 흰 줄이 하나다. 강 어딘가에 정박해 있을 것이다. 한 사람은 밀뱅크 맞은편 모드케이 스미스의 선창에서 배가 들어오는지 지켜봐야 한다. 너희끼리 알아서 역할을 분담해 양쪽 강둑을 샅샅이 뒤져. 새로운 소식이 있으면 바로 알리고. 내 말 알겠나?"

"네, 대장님." 위긴스가 말했다.

"수고비는 전과 같고, 배를 찾는 사람에게는 1기니를 더 주겠다(1기니는 21실링의 값어치를 갖는 금화—옮긴이). 자, 하루치 일당을 선불로 주겠다. 이제 출발!" 홈즈에게서 1실링씩 받은 아이들이 요란하게 계단을 뛰어 내려갔다. 잠시 후 창밖으로 거리를 달리는 아이들의 모습이 보였다.

"증기선이 강에 있다면 녀석들이 찾아낼 거야." 탁자 앞에 앉아 있던 홈즈가 일어나 파이프 담배에 불을 붙이며 말했다. "녀석들이 어디든 다 가서, 다 보고, 다 듣겠지. 내 생각에는 저녁 전에 배를 찾았다는 연락이 올 거야. 그때까지 기다리는 수밖에 없어. 오로라호나 모드케이 스미스를 찾아야만 놈들의 행방을 알 수 있을 테니까."

"토비에게 남은 음식을 먹여도 되겠지? 홈즈, 자네는 눈 좀 붙일 텐가?"

"아니, 난 조금도 안 피곤해. 내 몸은 아주 특이해서 일 때문에 피로해본 적이 없어. 오히려 빈둥댈 때 아주 지치지. 담배를 피우면서 미모의 의뢰인이 던져준 이 기묘한 사건을 곰곰이 생각해볼 거야. 누구에게나 충분히 해낼 수 있는 일이 주어진다면 우리가 맡은 이 사건도 그렇겠지. 의족을 한 사람도 평범하지 않지만, 나머지 공범도 아주 희한한 부류임에 틀림없어."

"나머지 공범도?"

"자네에게 비밀로 하고 싶은 생각은 없네만, 자네도 혼자 추리를 해봐야지. 자, 증거들을 생각해봐. 작은 발자국은 신발을 신지 않은 맨발이었어. 돌이 달린 나무 막대도 있었지. 아주 민첩하게 움직였고, 작은 독침이 있었어. 이제 어떤 결론을 도출하겠어?"

"야만인이야!" 내가 외쳤다. "아마도 조너선 스몰의 인도인 동료 중 한 명이겠지."

"그건 아니야." 홈즈가 말했다. "처음 낯선 무기들을 봤을 때는 나도 그런 생각이 들었어. 하지만 독특하게 생긴 발자국을 보고 생각을 바꿨지. 인도 반도에 키가 작은 종족도 몇 있지만, 발자국이 그렇지는 않거든. 힌두교도들은 발이 가늘고 긴 편이야. 샌들을 신는 회교도들은 엄지발가락과 나머지 발가락 사이가 크게 벌어져 있지. 샌들 가죽끈이 그 사이를 통과해야 하니까. 작은 독침을 쏘는 방법도 딱 한 가지뿐이야. 대롱에 넣고 입으로 부는 거지. 이제 우리의 야만인을 어디서 찾아야 할까?"

"남아메리카." 내가 틀릴 것을 각오하고 말했다.

홈즈가 팔을 위로 쭉 뻗더니 책장에서 두꺼운 책 한 권을 꺼냈다. "이 책은 최근에 나온 《대륙 지명 사전》 제1권이야. 권위 있는 최신 정보를 얻을 수 있지. 한번 볼까? '안다만 제도는 수마트라 북쪽으로 547킬로미터 떨어진 벵골 만에 자리 잡고 있다.' 오호! 이게 다 뭔가? '습한 기후에 산호초와 상어가 발견되며, 포트 블레어와 재소자 수용소, 루틀란드 섬, 미루나무⋯.' 아, 여기 찾았다.

안다만 제도의 원주민들은 지구 상에서 가장 작은 종족이라고 할 수 있다. 일부 인류학자들은 아프리카의 부시먼과 아메리카의 디거 인디언, 그리고 티에라델푸에고 사람들이 더 작다고 주장한다. 이들의 평균 신장은 120센티미터 이하이며, 여기에 훨씬 못 미치는 성인 남성도 많다. 기질이 사납고 성미가 까다로워 다루기 힘들지만, 일단 신뢰가 형성되면 굉장히 헌

신적인 태도를 보인다.

왓슨, 지금부터가 중요해. 잘 들어봐.

이들은 선천적으로 흉물스럽게 생겼다. 머리가 크고 기형적이며, 작은 눈은 매섭고, 다른 이목구비도 비뚤어졌다. 손과 발은 눈에 띄게 작다. 영국 당국은 갖은 노력에도 불구하고 너무나 사납고 거친 이들을 회유하는 데 실패했다. 배가 난파된 선원들에게 이들은 공포의 대상이다. 돌이 달린 나무 방망이로 머리를 내리치거나 독이 묻은 화살을 쏘아 조난당한 선원들을 살해했기 때문이다. 이 같은 살인은 예외 없이 인육을 먹는 축제로 마무리되었다.

굉장한 사람들이군, 왓슨! 만약 아무에게도 제재를 받지 않고 이 공범이 혼자 설쳤더라면 이번 사건은 지금보다도 훨씬 끔찍했을 거야. 내 생각에는 결국 일이 이렇게 되긴 했지만, 조너선 스몰이 공범을 끌어들이지 않으려고 꽤 애를 썼을 것 같아."

"어떻게 그런 특이한 사람과 공모를 했을까?"

"그건 나도 잘 모르겠어. 하지만 스몰이 안다만 제도에서 지냈으니까 그 섬 원주민과 함께 있는 게 그리 놀랄 일은 아니지. 조만간 모든 걸 알게 되겠지. 나 좀 보게나, 왓슨. 자네 무척지쳐 보이는군. 저기 소파에 좀 누워. 내가 잠들 수 있게 도와

주겠네."

홈즈가 구석에 있던 바이올린을 집어 들었다. 내가 몸을 쭉 뻗고 눕자 홈즈가 연주를 시작했다. 근사한 선율이 나직하게 흘렀다. 금방 지어낸 곡이 틀림없었다. 홈즈는 즉흥 연주에 탁월한 재능을 지녔다. 홈즈의 가느다란 팔과 진지한 얼굴, 활이 올라갔다 내려갔다 하던 모습이 어렴풋이 기억난다. 나는 곧 부드러운 소리 바다에 둥둥 떠서 평화롭게 꿈나라로 갔다. 모스턴 양이 사랑스러운 얼굴로 나를 내려다보고 있었다.

9
끊어진 고리

나는 늦은 오후가 되어서야 잠에서 깼다. 몸이 한결 가뿐해지고 기운도 솟았다. 홈즈는 내가 잠들기 전과 똑같은 자세로 앉아 있었다. 바이올린을 옆에 내려놓은 채 열심히 책을 보고 있는 점만 달랐다. 내가 움직이는 소리에 홈즈가 고개를 돌려 쳐다보았다. 표정이 어둡고 수심이 가득했다.

"단잠을 자더군." 홈즈가 말했다. "우리 말소리 때문에 자네가 깰까 봐 걱정했는데 말이야."

"아무 소리도 못 들었어." 내가 말했다. "좋은 소식이라도 있었나?"

"안타깝게도 아직 없었어. 솔직히 놀랍고 실망스러워. 지금쯤이면 분명히 뭔가 알아낼 줄 알았는데 말이야. 위긴스가 막다녀갔는데, 녀석들이 증기선의 행방을 전혀 못 찾고 있다고 하네. 한시가 급한데 약이 바짝 오르는군."

"내가 뭐 할 일 없을까? 지금 몸이 아주 가뿐해서 하룻밤 더 쏘다니라고 해도 할 수 있을 것 같은데 말이야."

"아냐, 지금 우리가 할 수 있는 건 기다리는 것 말고는 없어. 혹시라도 증기선을 찾았는데, 우리가 나가고 없어서 연락을 못 받으면 시간이 더 지체될 테니까. 자네는 하고 싶은 일을 해. 여기는 내가 지키고 있을 거니까."

"그러면 나는 캠버웰에 가서 세실 포리스터 부인을 뵙고 오겠네. 어제 꼭 와달라고 하셨거든."

"세실 포리스터 부인을 만나러 간다고?" 홈즈가 눈을 반짝이며 미소를 머금고 말했다.

"뭐, 물론 모스턴 양도 만나고. 일이 어떻게 돼가고 있는지 몹시 궁금해하니까."

"나라면 너무 많은 얘기를 해주지는 않을 거야." 홈즈가 말했다. "아무리 괜찮은 여자라도 완전히 믿어서는 안 되거든."

홈즈의 말이 거슬렸지만 다투고 싶지 않았다. "한두 시간 뒤에 돌아올게." 내가 말했다.

"좋아! 잘해봐! 그런데 강을 건너가는 김에 토비를 데려다 주겠나? 이제 토비가 더 필요할 것 같지 않거든."

나는 토비를 핀친 레인의 늙은 박제사에게 데려다 주면서 하프 소버린을 건넸다. 캠버웰에서 만난 모스턴 양은 전날 밤의 모험으로 약간 피곤해 보이는데도 새로운 소식을 몹시 듣고 싶어 했다. 포리스터 부인도 궁금해하기는 마찬가지였다. 나는 우리가 겪은 모든 사실을 들려주었다. 다만 끔찍한 얘기는 구체적으로 하지 않았다. 바솔로뮤 숄토가 살해되었다고 말했지만, 그자를 죽음에 이르게 한 도구나 방식은 언급하지 않았다. 내가 그렇게 많은 부분을 생략했음에도 두 사람은 충분히 놀라워했다.

"한 편의 소설 같아요." 포리스터 부인이 감탄하며 말했다. "상처받은 여인과 50만 파운드 상당의 보석 그리고 틀에 박힌 용이나 못된 백작에 버금가는 사악한 식인종과 의족을 한 악당이라니."

"여인을 돕기 위해 모험에 나선 두 명의 기사도 있고요." 모스턴 양이 상냥한 눈빛으로 나를 바라보며 말했다.

"그런데 메리, 이번 사건 결과에 따라 네 운명이 달라질 수도 있는데 왜 별로 감흥이 없는 것 같지? 아주 부자가 되면 어떨지, 떵떵거리며 사는 게 어떨지 생각해봐!"

부인의 말에 모스턴 양은 전혀 기뻐하지 않았다. 오히려 그런 문제는 안중에 없다는 듯한 태도를 보였다. 그 모습에 나는 속으로 약간의 쾌감을 느꼈다.

"제가 염려되는 건 새디어스 숄토 씨예요." 모스턴 양이 말했다. "다른 건 결과가 어찌 되든 상관없어요. 숄토 씨는 지금껏 아주 친절하고 훌륭하게 일을 처리해왔어요. 그러니 근거 없는 끔찍한 혐의에서 벗어나도록 도와야 해요."

나는 저녁이 되어서야 캠버웰을 나섰고 꽤 어두워진 뒤에야 집에 도착했다. 책과 파이프만 의자 옆에 놓여 있고, 홈즈는 보이지 않았다. 쪽지라도 남겨두었을 것 같아 이리저리 둘러보았지만 아무것도 없었다.

"홈즈가 나갔나 보군요, 부인." 허드슨 부인이 블라인드를 내리려고 위층으로 올라오는 것을 보고 내가 말했다.

"아니에요. 홈즈 씨는 방에 있어요. 그런데 말이에요." 허드슨 부인이 목소리를 낮추고 속삭였다. "홈즈 씨가 몸이 좀 안 좋은 것 같지 않아요?"

"왜 그렇게 생각하세요, 부인?"

"아주 이상했거든요. 왓슨 선생이 나간 뒤로 홈즈 씨가 방 안을 어찌나 왔다 갔다 하는지 발걸음 소리가 지긋지긋했어요. 그러다 혼자 중얼대고 투덜대는 소리가 나더니 초인종이 울리기만 하면 층계참에 나와서 '부인, 누가 왔죠?' 하고 묻더라고요. 문을 쾅 닫고 들어갔는데, 좀 전까지도 방에서 걸어 다니는 소리가 났어요. 홈즈 씨가 병에 걸린 게 아니었으면 좋겠네요. 진정제라도 먹어보라고 방에 들어갔는데, 나를 쳐다보는 표정이 어찌나 기괴하던지 내가 그 방을 어떻게 나왔는지도 모르겠어요."

"부인, 걱정하실 것 없습니다." 내가 말했다. "저도 전에 홈즈의 그런 모습을 본 적 있거든요. 지금은 홈즈를 안절부절못하게 하는 문제가 좀 있어서 그래요." 나는 우리의 후덕한 하숙집 주인에게 별일 아닌 것처럼 말하려고 했다. 그러나 한밤중에도 이따금 홈즈의 발자국 소리가 들리면 나조차도 마음이 불안해졌다. 한껏 날카로워진 홈즈의 정신력이 뜻하지 않은 순간에 장애물을 만나 안달이 났음을 알 수 있었다.

아침 식사 시간에 홈즈는 몹시 지치고 초췌해 보였다. 열이 나는지 양쪽 볼이 불그스레했다. "자네, 완전히 녹초가 되었군. 밤새 서성대는 소리를 들었어." 내가 말했다.

"괜찮아, 잠을 못 자서 그래." 홈즈가 말했다. "지금껏 잘 해결해왔는데, 이 작은 장애물 하나에 꼼짝 못하고 있으니 견딜 수가 없군. 놈들의 정체며 증기선의 이름과 생김새까지 다 알고 있는데도 찾아내지 못하다니. 다른 녀석들을 동원하면서까지 할 수 있는 건 다 하고 있는데 말이야. 강 전체를 샅샅이 뒤졌지만 증기선을 찾지 못했어. 스미스 부인도 남편 소식을 전혀 듣지 못했고. 결국 놈들이 배에 구멍을 뚫어 가라앉혀 버렸을 거라는 생각이 들지만, 그럴 가능성은 적어."

"스미스 부인이 우리에게 잘못된 정보를 준 건 아닐까?"

"아냐, 그렇지는 않아. 내가 알아봤는데 부인이 설명한 증기선이 있는 건 사실이야."

"그러면 증기선이 강 상류로 간 걸까?"

"그럴 가능성도 고려해봤지. 상류 쪽으로 리치몬드까지 조사할 수색대를 보내두었어. 그런데도 오늘까지 아무 소식이 없으면 내일은 내가 직접 나가서 배가 아니라 사람을 찾아봐야겠어. 하지만 분명히, 반드시 찾았다는 소식이 들려올 거야."

하지만 우리는 소식을 듣지 못했다. 위긴스는 물론 다른 수색 팀도 아무 소득이 없었다. 거의 모든 일간지들이 노우드의 비극을 기사로 다루었다. 모두 하나같이 가엾은 새디어스 숄토를 강하게 비난했다. 다음 날 법정에서 심리가 열릴 것이라는 사실 말고 새로 추가된 사실은 없었다. 나는 저녁에 캠버웰에 건너가 포리스터 부인과 모스턴 양에게 수사에 진전이 없다고 전했다. 다시 하숙집에 돌아왔을 때 홈즈는 기운 없이 시무룩해 보였다. 내가 물어봐도 제대로 대답하지 않더니 저녁내내 알 수 없는 화학 실험에 매달렸다. 증류기들을 불에 올려놓고 증류 작업을 계속했다. 급기야 이상한 냄새가 코를 찌르는 바람에 나는 방에서 뛰쳐나왔다. 자정이 넘도록 시험관 부딪치는 소리가 났으니 그때까지도 악취를 풍기는 실험을 계속한 것 같다.

이른 새벽에 잠이 깬 나는 옆에 홈즈가 앉아 있는 것을 보고 깜짝 놀랐다. 선원들이 입는 두꺼운 초록색 재킷을 걸치고 목에는 촌스러운 빨간색 스카프를 두르고 있었다.

"왓슨, 나는 지금 강 하류로 갈 거야." 홈즈가 말했다. "아무리 생각해봐도 방법은 한 가지뿐이야. 어쨌든 한번 시도해봐야지."

"그럼 나도 가겠어." 내가 말했다.

"아니, 자네는 나를 대신해 여기 남아 있어야 해. 실은 아무래도 오늘 중에 뭔가 소식이 올 것 같은 생각에 나도 나가고 싶지 않거든. 어젯밤에 위긴스는 절망적으로 말했지만 말이야. 편지든 전보든 자네가 다 열어보고, 자네 판단대로 행동해. 자네를 믿어도 되지?"

"당연하지."

"자네가 내게 전보를 칠 수는 없을 거야.

나도 내가 어디에 있을지 모르겠거든. 운이 좋으면 그렇게 멀리 가지 않아도 될 테고 말이야. 내가 돌아왔을 때 뭔가 새로운 소식이 기다리고 있으면 좋을 텐데.”

아침 식사를 할 시간이 되도록 나는 아무런 소식도 듣지 못했다. 그런데 〈스탠더드〉 신문을 펼치니 사건에 대한 새로운 기사가 있었다. ‘어퍼노우드 비극에 관하여’라는 제목으로 다음과 같은 내용이 실렸다.

이번 사건은 당초 예상과 달리 훨씬 복잡하고 풀기 어려운 것으로 드러났다. 새로운 증거를 통해 새디어스 숄토 씨가 어떤 식으로도 살인을 저질렀을 가능성이 없다는 사실이 확인되었다. 숄토 씨와 가정부 번스톤 부인은 어제저녁 풀려났다. 다행히 런던 경찰국 소속 애셜니 존스 형사가 이끄는 경찰은 현재 진범의 단서를 확보한 것으로 보인다. 애셜니 존스 형사의 열정과 지혜가 남다른 이상 조만간 범인이 체포될 것으로 기대된다.

아주 반가운 소식이라고 생각했다. 우리 친구 새디어스가 안전해졌으니 말이다. 그런데 새로운 단서라는 게 궁금했다. 경찰이 실수를 무마하려고 꾸며낸 말 같지만 말이다.

나는 신문을 탁자 위에 툭 올려놓았다. 그런데 그 순간 고민 상담란에 실린 광고 하나가 눈에 띄었다.

실종—뱃사람 모드케이 스미스와 그의 아들 짐이 지난 화요

일 새벽 3시경 증기선 오로라호를 타고 나가 돌아오지 않았습니다. 오로라호는 검정 바탕에 빨간 줄이 두 개 있으며, 굴뚝은 검정 바탕에 하얀 줄이 하나 있습니다. 스미스 부자와 오로라호의 행방을 아시는 분은 스미스 선창에서 스미스 부인을 찾거나 베이커 스트리트 221B번지로 연락 바랍니다. 제보자에게는 5파운드를 드립니다.

틀림없이 홈즈가 낸 광고였다. 베이커 스트리트 주소를 보면 알 수 있었다. 광고를 보면서 기발하다는 생각이 들었다. 도망자들이 광고를 보더라도 남편을 걱정하는 아내의 자연스러운 행동으로밖에 생각할 수 없을 것이다.

아주 지루한 하루였다. 문 두드리는 소리가 나거나 급하게 걸어오는 소리가 날 때마다 홈즈이거나 홈즈가 낸 광고를 보고 누군가 찾아온 게 아닐까 생각했다. 책을 읽으려고 했지만 머릿속에 자꾸 우리가 추적하고 있는 지독한 범인들의 희한한 조합이 떠올랐다. 내 친구 홈즈의 추리에 어떤 결정적 오류가 있지는 않을까 생각해보았다. 혹시 심각한 자기기만에 빠진 걸까? 회전이 빠르고 추리에 능한 홈즈의 사고가 잘못된 가정에서 출발한 것은 아닐까? 나는 홈즈가 틀린 걸 본 적이 없다. 그러나 아무리 예리하게 추론하는 사람도 가끔은 실수를 한다. 그러니 홈즈도 실수를 범했을 수 있다는 생각이 들었다. 더욱이 홈즈는 손쉽고 평범한 방법이 있음에도 불구하고 미묘하고 특이한 설명을 더 선호한다. 자신의 논리를 지나치게 다듬

다가 실수로 오류에 빠졌을 수도 있다. 그러나 모든 증거를 내 눈으로 직접 보았고, 홈즈가 어떤 근거로 추론하는지도 다 들었다. 모든 희한한 정황을 돌이켜볼 때 아주 사소한 것들까지 모두 한 방향을 향하고 있었다. 만약 홈즈의 설명이 틀리더라도, 다른 진실 역시 기괴하고 놀라울 것만은 분명했다.

오후 3시경, 초인종 소리가 크게 울리더니 복도에서 권위적인 목소리가 들렸다. 내 앞에 모습을 드러낸 건 다름 아닌 애셜니 존스 형사였다. 그런데 어퍼노우드에서 그토록 자신감을 보였던 퉁명스럽고 거만한 상식의 대가는 간데없고 풀 죽은 표정으로 양처럼 온순하게 반성하는 기미까지 보였다.

"안녕하십니까, 선생님." 존스 형사가 말했다. "홈즈 선생은 안 계시군요."

"네, 언제 돌아올지 모릅니다. 그래도 기다리실 생각이면 그쪽 의자에 앉으세요. 담배 한 대 피우시겠습니까?"

"감사합니다. 그러면 좋겠네요." 형사는 큼지막한 빨간색 손수건으로 얼굴을 닦으며 말했다.

"위스키소다 한잔 드릴까요?"

"네, 조금만 주십시오. 가을인데도 무척 덥군요. 골치 아픈 일이 많으니까 힘드네요. 노우드 사건에 대해 제가 어떤 추리를 했는지는 아시죠?"

"전에 말씀하신 것을 기억합니다."

"그런데 그걸 수정해야 하는 상황입니다. 저는 새디어스 숄토가 범인이라고 확신하며 수사망을 좁혀 들어갔는데, 그자가 그만 가운데 난 구멍으로 빠져나가 버렸어요. 확실한 알리바이가 입증되었거든요. 바솔로뮤 숄토 방을 나간 이후로 새디어스 숄토는 혼자였던 적이 없었습니다. 계속 누군가와 함께 있었어요. 그러니 지붕에 올라가 들창으로 방에 침입했을 리 없죠. 아주 막막합니다. 제 명성에 금이 가게 생겼어요. 조금만 도와주시면 정말 고맙겠습니다."

"누구나 도움이 필요할 때가 있죠." 내가 말했다.

"선생님의 친구분인 홈즈 씨는 정말 대단한 분입니다." 형사가 쉰 목소리로 다정하게 말했다. "절대 실패하실 분이 아니에요. 홈즈 씨가 꽤 많은 사건을 수사하신 것으로 알고 있습니다만, 그중에 진실을 밝혀내지 못한 사건은 없죠. 방법이 독특하고, 추리에 섣부른 감이 없지 않습니다만, 분명 전도유망한 형사가 되었을 겁니다. 진심이에요. 오늘 아침 홈즈 씨가 제게 전보를 쳤더군요. 뭔가 사건에 단서가 될 만한 걸 찾은 것 같습니다. 이게 홈즈 씨가 보낸 전보예요."

형사는 주머니에서 전보를 꺼내 내게 주었다. 12시에 포플라 우체국에서 보낸 걸로 되어 있었다.

당장 베이커 스트리트로 갈 것. 내가 부재 시 돌아올 때까지 기다릴 것. 범인의 행방을 곧 알게 될 것임. 오늘 밤 최후의 현장에 함께 가도 좋음.

"아주 좋은 소식이군요. 홈즈가 놈들의 행방을 다시 파악한 게 분명합니다." 내가 말했다.

"그럼 홈즈 씨에게도 뭔가 문제가 있었나 보군요." 존스 형사가 흐뭇한 표정으로 외쳤다.

"제아무리 훌륭한 사람도 실수를 할 때가 있지요. 전보 내용이 괜한 소란으로 드러날 수도 있지만, 법을 집행하는 사람으로서 어떤 기회도 간과해서는 안 되는 게 제 의무입니다. 그런데 밖에 누가 온 것 같군요. 홈즈 씨겠죠."

무거운 발걸음으로 계단을 올라오는 소리가 들렸다. 숨이 차서 쌕쌕거리는 소리도 들렸다. 계단을 오르는 게 힘에 부치는지 한두 번 중간에 멈추기도 했지만 마침내 문을 열고 들어섰다. 계단을 오를 때 들린 소리와 완벽하게 일치하는 모습이었다. 뱃사람 차림을 한 나이 든 남자가 초록색 재킷 단추를 목까지 다 채운 채 서 있었다. 등이 활처럼 굽은 노인은 다리를 부들부들 떨고 천식 환자처럼 숨을 헐떡였다. 오크로 만든 지팡이에 몸을 의지한 채 어깨를 들썩이며 애써 숨을 들이마셨다. 목에 두른 색깔 있는 스카프가 턱까지 올라와 있어 얼굴은 숱 많은 하얀 눈썹과 날카로운 검은 눈, 회색의 긴 구레나룻밖에 보이지 않았다. 어디로 보나 한때 훌륭하고 노련한 뱃사람이었으나 지금은 늙고 가난한 신세라는 인상을 받았다.

"무슨 일이시죠, 영감님?" 내가 물었다.

노인은 나이 든 사람들 특유의 세심한 눈초리로 주위를 천천히 살폈다.

"여기 셜록 홈즈 씨라고 있소?" 노인이 물었다.

"지금 집에 없습니다만, 제가 대신 자리를 지키고 있으니 용건이 있으시면 제게 말씀하시면 됩니다."

"홈즈 씨와 직접 얘기할 거요." 노인이 말했다.

"말씀드렸다시피 제가 홈즈의 대리인입니다. 혹시 모드케이 스미스의 증기선 때문에 오셨나요?"

"맞소. 그 배가 어디 있는지 내가 잘 알지. 홈즈 씨가 찾고 있는 사람들의 행방도 알고, 보물이 어디 있는지도 알지. 나는 모든 걸 알고 있소."

"제게 말씀해주시면 홈즈 씨에게 전하겠습니다."

"직접 만나 얘기하겠소." 노인은 완강하고 고집스럽게 같은 말을 되풀이했다.

"그럼 기다리셔야 합니다."

"아니, 그럴 수는 없소. 누구 좋으라고 하루를 날려버린담. 홈즈 씨가 나를 바람맞혔으니 직접 찾아보라 하시오. 당신들이 그런 표정을 지어도 소용없소. 난 한마디도 얘기 안 해줄 거니까."

노인이 발을 끌며 느릿느릿 문 쪽으로 걸어가자, 존스 형사가 앞을 가로막고 섰다.

"영감, 잠깐 서보시오." 존스 형사가 말했다. "중요한 정보를 알고 있는 한 그냥 나갈 수 없소. 영감 의사와 상관없이 우리 친구 홈즈 씨가 돌아올 때까지 여기서 기다리시오."

노인은 문 쪽으로 달려가려 했지만 존스 형사가 거대한 몸으로 막아섰다. 노인은 저항해봤자 소용없다는 것을 깨달은 눈치였다.

"이런 경우가 어디 있나!" 노인이 지팡이로 바닥을 치며 소리쳤다. "나는 홈즈 씨를 만나러 왔을 뿐인데, 생전 본 적 없는 당신들 둘이서 나를 붙잡아놓고 이런 식으로 대하다니!"

"더 이상 무례하게 대하진 않겠습니다." 내가 말했다. "여기서 낭비한 시간은 저희가 충분히 보상해드리겠습니다. 이쪽 소파에 앉으시죠. 오래 기다리지 않으실 겁니다."

노인이 못마땅한 표정으로 걸어와 소파에 자리를 잡더니 손으로 턱을 괴었다. 나는 존스 형사와 다시 시가를 피우며 이야기를 나누었다. 그때 갑자기 홈즈의 목소리가 들렸다.

"나도 시가 한 대 주게나."

의자에 앉아 있던 존스 형사와 나는 화들짝 놀랐다. 바로 옆에 홈즈가 아주 즐거운 표정을 하고 앉아 있었다.

"홈즈!" 내가 외쳤다. "노인은 어디 가고 자네가 여기 있나?"

"노인 여기 있잖아." 홈즈가 흰 머리털 가발을 들어 보이며 말했다. "가발, 수염, 눈썹 다 있네. 내가 변장을 썩 잘했다고는 생각했지만, 이렇게까지 속을 거라고는 기대하지 않았는데 말이야."

"와, 감쪽같군요!" 존스 형사가 아주 즐거워하며 말했다. "배우를 해도 성공했겠어요. 강제 노역소에 딱 어울리는 기침 소리에 그 부실한 다리라면 일주일에 10파운드는 족히 벌겠어요. 그런데 제가 얼핏 홈즈 씨의 눈빛을 알아본 것 같군요. 그러니까 우리를 완벽하게 속인 건 아니죠."

"오늘 종일 이러고 다녔답니다." 홈즈가 시가에 불을 붙이며 말했다. "알다시피 범죄자들 상당수가 나를 알아보기 시작했어요. 내 친구 왓슨 선생이 내 사건을 다룬 책을 낸 뒤로 특히 그렇죠. 이제 놈들에게 접근하려면 간단하게라도 변장을 해야 한다니까요. 내가 보낸 전보는 받았죠?"

"받았습니다. 그러니까 이렇게 왔죠."

"수사는 어떻게 되어갑니까?"

"아무것도 알아낸 게 없어요. 체포한 네 명 중 두 사람은 풀려나고, 나머지 두 사람의 혐의를 입증할 뚜렷한 증거도 없어요."

"걱정 마세요. 우리가 그 두 사람을 대신할 진짜 범인 두 사람을 만나게 해줄 거니까요. 대신에 내 명령을 따라야 합니다. 모든 공을 당신이 차지해도 좋습니다만, 내가 시키는 대로만 하셔야 합니다. 약속하실 수 있어요?"

"놈들을 잡을 수만 있다면 그렇게 하죠."

"좋습니다. 그러면 먼저 경비정 중에 빠른 증기선 한 대를 7시까지 웨스트민스터 선창에 준비시켜주십시오."

"그건 어렵지 않습니다. 거기에 늘 한 대가 있거든요. 그래도 길 건너에 가서 전화로 확인해두겠습니다."

"그리고 건장한 남자 두 명이 필요합니다. 놈들이 저항할 수도 있으니까요."

"배에 두세 명 타고 있게 하겠습니다. 그리고 더 필요한 건?"

"우리가 놈들을 잡으면 보물도 확보하게 될 겁니다. 그 보물의 절반은 젊은 숙녀분의 몫이죠. 여기 있는 제 친구가 그 숙녀분에게 보물 상자를 가져가 가장 먼저 열어볼 수 있도록 하면 좋겠습니다. 그렇지, 왓슨?"

"그렇게만 된다면 나야 영광이지."

"그건 원칙에서 벗어나는 일입니다만." 존스 형사가 고개를 저으며 말했다. "이 일 자체가 이례적이니 그것도 눈감아드려야겠죠. 하지만 보물은 다시 경찰에 넘겨주셔야 합니다. 공식적인 조사를 마쳐야 하니까요."

"물론입니다. 당연히 그렇게 해야죠. 또 한 가지가 있습니다. 이 사건과 관련해 조너선 스몰의 입을 통해 직접 들어야 할 세부적인 내용들이 있습니다. 제가 사건을 맡으면 아주 상세한 부분까지 알고 싶어 한다는 걸 아실 거예요. 제 하숙집이든 아니면 다른 곳이든 제가 조너선 스몰과 개인적으로 이야기를 나눠도 괜찮겠습니까? 물론 경비를 철저히 하는 조건에서죠."

"음, 이번 사건을 꿰고 있는 건 홈즈 씨 당신이에요. 내게는 조너선 스몰이라는 작자가 존재한다는 증거조차 없어요. 당신이 조너선 스몰을 붙잡아 따로 면담을 한다고 하면 막을 도리가 없죠."

"그럼 동의하신 거죠?"

"그렇습니다. 다른 건 더?"

"우리와 함께 저녁을 드셔야 합니다. 30분 안에 준비하겠습니다. 굴과 뇌조 고기에 화이트 와인도 좀 있어요. 왓슨, 자네도 내 솜씨 기대해보라고."

10
원주민의 최후

저녁 식사는 아주 즐거웠다. 홈즈는 마음이 내키면 굉장히 말을 많이 하는 편인데, 그날 밤 그랬다. 마치 지적 황홀경 상태에 있는 것처럼 보였다. 그날처럼 재기 넘친 적이 없다. 빠르게 화제를 바꿔가며 이야기를 계속 이어갔다. 기적극에서 중세 도자기, 스트라디바리우스 바이올린에서 실론의 불교, 미래의 군함에 이르기까지 각각의 주제를 전문적으로 연구한 사람처럼 능숙하게 이야기했다. 이런 쾌활한 기분은 지난 며칠간 이어졌던 울적한 기분의 반작용 같았다. 애설니 존스도 긴장이 풀리니 어울리기 좋아하는 유쾌한 면모를 드러냈다. 나역시도 사건이 결말에 가까워졌다고 생각하니 기분이 들떴다. 홈즈가 즐거워하는 게 이해가 됐다. 저녁을 먹는 동안은 아무도 우리가 한자리에 모이게 된 이유를 언급하지 않았다.

식탁이 정리되자 홈즈가 시계를 쳐다보더니 세 개의 유리컵에 포트와인을 따랐다. "건배 한번 하죠. 우리의 짧은 원정의 성공을 위하여!" 홈즈가 말했다. "이제 나가야 할 시간입니다.

왓슨, 권총 있나?"

"책상에 낡은 군용 권총이 있지."

"그럼 그거라도 챙겨. 만일에 대비하는 게 나아. 밖에 마차가 도착했을 거야. 6시 반까지 오라고 했거든."

우리는 7시가 조금 넘어 웨스트민스터 선창에 도착했다. 증기선 한 대가 기다리고 있었다. 홈즈가 예리한 눈빛으로 배를 살펴보았다.

"경비정임을 나타내는 표시가 있나요?"

"옆에 달린 초록색 램프가 그렇죠."

"그러면 그걸 떼주세요."

초록색 램프를 떼어낸 다음 우리는 배에 올랐다. 밧줄이 풀리고 배가 출항했다. 나는 존스 형사, 홈즈와 함께 배 뒤쪽에 앉았다. 키를 잡고 있는 사람 한 명과 기관을 담당하는 사람이 한 명 보였다. 그리고 앞쪽에 건장한 경위 두 명이 있었다.

"어디로 가죠?" 존스가 물었다.

"런던탑으로 갑시다. 제이콥슨 조선소 맞은편에서 멈추라고 해주세요."

우리가 탄 배는 확실히 빨랐다. 짐을 실은 바지선들이 길게 줄을 지어 가는데 마치 가만히 서 있는 것처럼 보였다. 증기선 한 대를 앞질러 나가자 홈즈가 흐뭇한 미소를 지었다.

"강 위에 있는 건 뭐든 따라잡을 수 있겠어." 홈즈가 말했다.

"꼭 그렇지는 않지만, 우리보다 빠른 배가 별로 없는 것 같군."

"우리는 오로라호를 따라잡아야 해. 그 배는 아주 빠르기로 유명하다고. 왓슨, 상황이 어떻게 돌아가고 있는지 얘기해줄게. 내가 아주 작은 문제에 발목이 잡혀서 꼼짝 못하고 있는 동안 얼마나 안달했는지 알지?"

"알지."

"그러다 화학 실험에 몰두한 덕분에 정신적으로 완벽한 휴식을 취할 수 있었어. '최고의 휴식은 지금 하고 있는 일을 멈추고 다른 일을 하는 것이다.' 위대한 정치가가 한 말인데, 정말 그래. 나는 탄화수소 분해에 성공하고 나서 숄토 집안 사건을 처음부터 다시 생각해봤어. 베이커 스트리트 아이들이 강의 상류와 하류를 샅샅이 뒤졌지만 아무것도 찾지 못했잖아. 증기선은 어느 선창에도 정박해 있지 않고, 그렇다고 스미스 씨의 선창으로 돌아온 것도 아니야. 행방을 감추기 위해 물에 가라앉혔을 것 같지도 않아. 가능성을 완전히 배제할 수는 없지만 말이야. 나는 이 스몰이라는 작자가 어느 정도 잔꾀는 있지만 정교한 전략 같은 것을 세울 능력까지는 안 된다고 생각했어. 그런 건 고등교육을 받은 사람이나 할 수 있는 거니까. 그래서 생각해봤지. 스몰이 폰디체리 저택을 지속적으로 감시하기 위해 한동안 런던에서 지낸 게 확실한 이상 바로 런던을 뜨기는 어려웠을 거야. 단 하루만이라도 신변을 정리할 시간이 필요했겠지. 어디까지나 가능성을 고려한 얘기야."

"내 생각에는 별로 그럴 것 같지 않은데." 내가 말했다. "범행에 나서기 전에 신변을 정리했을 가능성이 더 높잖아."

"아냐, 그렇지 않아. 그런 사람에게 은신처는 더 이상 필요하지 않다는 확신이 들기 전까지는 만약의 경우를 대비해 절대 포기할 수 없는 아주 중요한 것이지. 그런데 나에게 또 다른 생각이 떠올랐어. 조너선 스몰은 분명 공범의 생김새가 특이해서 아무리 옷으로 가려도 사람들 눈에 띌 거라고 염려했어. 사람들이 보고 이런저런 말들을 하기 시작하면 노우드 비극까지 연결시킬 수도 있다고 예상했겠지. 그 정도 예리함은 지녔다고 봐. 그래서 어둠에 가려 사람들 눈에 잘 띄지 않을 때 은신처를 나섰을 거야. 날이 아주 환해지기 전에 일을 끝내고 돌아오기를 바랐겠지. 그런데 스미스 부인의 말대로라면 그들이 배를 타러 온 게 새벽 3시가 지나서잖아. 그 시간이면 꽤 어둠이 걷히고 한두 시간 뒤면 사람들도 돌아다닐 때라고. 그래서 나는 놈들이 그리 멀리 가지 못했을 거라고 생각해. 그들은 스미스 씨에게 돈을 넉넉히 줘서 입단속을 단단히 하고 마지막 탈출을 위해 배를 대기시켜놓은 다음, 보물 상자를 챙겨서 서둘러 은신처로 향했을 거야. 며칠 안에 신문에서 수사 진행 상황과 자신들이 의심받는지 확인하고 나면, 어두울 때를 이용해 움직이겠지. 틀림없이 그레이브젠드 항이나 다운스 항으로 가서 미국이나 다른 식민지로 떠나는 배를 타려고 미리 계획을 세워두었을 거야."

"그러면 그 증기선은? 증기선을 은신처로 가져가지는 못했을 텐데."

"맞아. 내가 증기선이 멀리 가지 못했을 거라고 했잖아. 우리 눈에 띄지는 않지만 말이야. 그래서 나는 스몰의 처지가 되어 그자의 눈높이에서 생각해보기로 했어. 증기선을 돌려보내거나 선창에 정박시켜둔다면, 혹시라도 경찰이 자신의 뒤를 쫓고 있을 경우 쉽게 찾아낼 거라는 예상이 가능하지. 그렇다면 어떻게 해야 배를 눈에 띄지 않게 가까이 두면서 필요할 때 사용할 수 있을까? 내가 스몰이라면 어떻게 해야 할지 곰곰이 생각해봤어. 그럴 수 있는 방법은 딱 한 가지야. 증기선을 조선소나 선박 정비소로 옮겨서 수리를 좀 해달라고 하는 거지. 그렇게 해서 배가 조선소나 정비소 작업장으로 들어가면 아주 효과적으로 숨길 수 있는 동시에 필요할 경우 몇 시간 만에 찾아 쓸 수도 있어."

"너무 단순한 것 같은데."

"이렇게 아주 단순하니까 쉽게 간과하는 거라고. 하지만 나는 그 생각대로 움직여보기로 했어. 곧장 이 순진한 뱃사람 차림을 하고 강에 있는 모든 조선소를 찾아다니며 물었지. 열다섯 군데를 가보았지만 아무 소득이 없었어. 그런데 열여섯 번째로 들어간 제이콥슨 조선소에서 이틀 전 의족을 한 남자가 방향키 수리를 부탁하면서 오로라호를 맡겼다는 사실을 알아냈지. 방향키에는 아무런 이상이 없다고 하더군. 조선소 작업 책임자가 '저기 빨간 줄이 있는 배가 오로라호입니다'라고 말하는 순간 누가 나타났는지 알아? 사라진 선주 모드케이 스미스였어. 술에 취해 상태가 좋지 않더군. 그냥 보기만 해서는 스미스 그 사람인 줄 몰랐을 텐데, 자기 이름과 배 이름을 큰 소리로 외치며 말하더군. '오늘 밤 8시에 배를 찾아갈 거요. 정확히 8시니까 기억해두쇼. 기다리는 걸 못 견뎌 하는 신사 두 분을 모셔야 한다고.' 인부들에게 은화를 뿌려댈 정도로 주머니가 두둑한 걸로 봐서는 놈들한테서 돈을 넉넉히 받은 것 같아. 나는 얼마 동안 그자의 뒤를 쫓아갔지. 그런데 술집으로 들어가는 것을 보고 다시 조선소로 돌아오다가 마침 베이커 스트리트의 아이 한 명을 만났어. 그 아이에게 물가에 서서 증기선을 감시하고 있다가 증기선이 출발하면 손수건을 흔들라고 했지. 이제 우리는 강 위에 배를 세워놓고 기다릴 거야. 그러고도 놈들과 보물을 찾지 못한다면 이상한 일이지."

"계획을 아주 깔끔하게 세우셨군요. 그들이 진짜 범인이든 아니든 말이죠." 존스 형사가 말했다. "그런데 저라면 제이콥슨 조선소에 경찰 병력을 배치해놓고 그들이 나타나기만 기다렸다가 체포하겠습니다."

"그런 일은 절대 일어나지 않을 겁니다. 이 스몰이라는 작자는 아주 영리하거든요. 먼저 누군가를 내보내 상황을 살펴보고, 뭔가 의심스럽다고 느끼면 일주일이고 숨어서 나오지 않을 겁니다."

"홈즈, 모드케이 스미스에게 붙어 있지 그랬어. 그러면 놈들이 숨어 있는 곳을 알게 될 텐데 말이야." 내가 말했다.

"그건 시간만 낭비하는 짓이지. 십중팔구 스미스는 그들이 어디에 숨어 있는지 몰라. 돈 많이 받고 술 먹을 시간도 충분한데 질문 같은 걸 했을 리 없지. 따로 있다가 연락을 받으면

하라는 대로 움직였을 거야. 여러 가능성을 생각해봤지만, 이게 가장 그럴듯해."

이런 대화가 진행되는 동안 우리가 탄 경비정은 템스 강을 가로지르는 많은 다리들을 빠르게 지났다. 도심을 지날 때 세인트 폴 대성당 첨탑의 십자가가 석양에 물들어 금빛으로 반짝였다. 런던탑에 도착했을 때는 이미 땅거미가 지기 시작했다.

"저기가 제이콥슨 조선소입니다." 홈즈가 서리 주 쪽으로 돛대와 로프 등이 잔뜩 쌓인 곳을 가리키며 말했다. "이제 경비정이 바지선들 뒤에 숨어서 천천히 오르락내리락하게 합시다." 홈즈는 주머니에서 야간용 쌍안경을 꺼내 강변 쪽을 한참 살펴보았다. "보초로 세워둔 아이가 보이는데… 손수건은 흔들지 않고 있군."

"하류로 좀 더 내려가 잠복하고 있는 건 어때요?" 존스 형사가 의욕적으로 말했다. 그 순간 우리 중 의욕이 넘치지 않는 사람은 없었다. 앞으로 무슨 일이 펼쳐질지 잘 모르는 경찰은 물론 증기 기관에 석탄을 퍼 넣는 화부들까지도 진지했다.

"어떤 것도 장담할 수 없는 상황이에요." 홈즈가 말했다. "그들이 십중팔구 하류로 내려갈 가능성이 높지만 확신할 수는 없어요. 여기서는 조선소 입구가 보이지만 저쪽에서는 우리가 보이지 않아요. 날이 맑아서 달빛이 환할 거예요. 여기서 기다리는 게 좋겠어요. 왓슨, 저쪽 가스등 아래 북적이는 사람들 좀 봐."

"조선소에서 일을 마치고 오는 사람들이군."

"남루해 보이지만 모두들 내면에는 꺼지지 않는 불꽃을 숨기고 있지. 자네는 저들을 보고 그런 생각 안 할 거야. 한번 봐, 수학적 확률이 통하지 않는다고. 인간은 정말 수수께끼야."

"누군가는 인간을 가리켜 영혼을 감추고 있는 동물이라고 하더군." 내가 말했다.

"윈우드 리드도 이런 주제에 능하지." 홈즈가 말했다. "리드가 말하기를, 사람은 혼자 있을 때는 풀리지 않는 수수께끼지만 여러 사람과 함께 있으면 수학적 확실성을 보인다고 했어. 예를 들어 어떤 한 사람이 무슨 일을 할지 구체적으로 예상하는 건 불가능하지만, 사람들이 평균적으로 어떻게 행동할지 정확하게 예측하는 건 가능하잖아. 개개인은 아주 다양하지만 확률은 늘 일정하다고 통계학자들은 말하지. 그런데 내가 방금 손수건을 본 건가? 확실히 저기 하얀 뭔가가 펄럭이고 있어."

"맞아, 자네가 세워둔 아이야." 내가 외쳤다. "나도 똑똑히 보여."

"저기 오로라호도 보여." 홈즈가 소리쳤다. "유령같이 출항했군. 기관사, 속도를 최고로 높이고 저기 노란 등이 달린 증기선을 쫓으시오! 행여나 놓치는 날에는 나 자신을 절대 용서하지 못할 거야."

우리가 못 본 사이 조선소 입구를 빠져나온 오로라호는 작은 배 두세 척 옆을 통과하고 있었다. 그리고 우리가 발견했을

때는 이미 꽤 속도를 높인 상태였다. 강가에 바짝 붙어서 아주 놀라운 속도로 빠르게 나아갔다. 존스 형사는 진지한 표정으로 바라보더니 고개를 흔들었다.

"너무 빨라요. 우리가 따라잡을 수 있을지 모르겠어요."

"반드시 따라잡아야 해요." 홈즈가 이를 악물고 소리쳤다. "화부, 석탄을 계속 넣어요! 전속력으로 달려요! 배를 태워먹는 한이 있어도 놈들을 잡아야 해요!"

우리가 탄 배는 오로라호와 꽤 가까워졌다. 기관실 용광로 불길이 맹렬히 타올랐다. 연료를 가득 채운 경비정은 거대한 금속 심장처럼 철커덕 소리를 내며 빠른 속도로 움직였다. 날렵하게 생긴 뱃머리가 강물을 가르며 좌우로 출렁거리는 물결을 일으켰다. 엔진이 고동칠 때마다 우리는 살아 있는 배에 탄 것처럼 튀어 오르거나 흔들렸다. 뱃머리에 달린 커다란 노란색 램프가 전방을 긴 깔때기 모양으로 비추었다. 그 앞에 보이는 어둡고 흐릿한 형체가 오로라호였다. 그 뒤로 하얗게 일어나는 물거품이 배의 속도를 말해주고 있었다. 강 위에는 바지선과 증기선, 그리고 상선들이 떠 있었다. 우리는 그 배들을 획획 지나치거나, 사이를 통과하며 앞지르기도 했다. 어둠 속에서 사람들의 외침이 들렸다. 오로라호는 여전히 쏜살같이 달렸고, 우리는 그 뒤를 바짝 따라갔다.

"석탄을 더 넣어요, 더, 더!" 홈즈가 기관실을 내려다보며 간절하게 외쳤다. 기관실의 맹렬한 불길이 날카롭게 생긴 홈즈의 얼굴을 환하게 비추었다. "증기를 최대한 뽑아내야 해요."

"얼마 안 남은 것 같군요." 존스 형사가 오로라호를 바라보며 말했다.

"맞아요." 내가 말했다. "금방 따라잡겠어요."

그런데 그 순간 운명의 장난인지 갑자기 바지선 세 척을 줄로 매단 예인선이 우리 앞에 끼어들었다. 키를 아래로 세게 잡아당겨 가까스로 충돌은 피했지만, 경비정이 예인선 옆으로 돌아서 다시 방향을 잡았을 때는 이미 오로라호와 200미터 가까이 벌어진 상태였다. 다행히도 시야에서 완전히 벗어나지는 않았고, 구름 한 점 없는 하늘이 별빛을 환하게 비추고 있었다. 우리 배의 엔진들은 압력이 극에 달해 얇은 겉면이 심하게 흔들리고, 맹렬한 기세로 속도를 올리느라 삐걱거리는 소리를 냈다. 우리는 풀 지역을 빠르게 관통하고, 웨스트인디아 부두를 지나, 길게 뻗은 런던 근교의 뎃포드 유역으로 내려갔다가 개들의 섬 쪽으로 돌아서 올라왔다. 흐릿한 형체로 우리 앞을 내달리던 오로라호는 이제 말쑥한 모습을 드러냈다. 존스 형사가 탐조등으로 오로라호를 비추자 갑판에 있는 사람들이 또렷이 보였다. 선미에 남자가 한 명 앉아 있었다. 무릎 사이에 뭔가 검은 물체가 보이고, 그 위로 몸을 숙이고 있었다. 그 옆에는 시커먼 덩어리가 놓여 있었는데, 꼭 뉴펀들랜드 종의 개 같았다. 사내아이가 키를 잡고 있고, 용광로의 붉은 화염 위로 스미스 씨가 웃통을 벗은 채 온 힘을 다해 석탄을 퍼 넣는 모습이 보였다. 아마도 처음에는 자신들이 쫓기고 있는지 반신반의했을 것이다. 그러나 배가 방향을 어디로 틀든 우리가 계속 따라가니 이제는 의심의 여지가 없었다. 그리니치에서 우리는 오로라호에 300보 정도 남기고 따라붙었고, 블랙웰에 이르러서는 250보 정도로 거리를 좁혔다. 나는 여러 나라에서 다양한 일을 하는 동안 많은 것을 쫓아봤지만, 이번처럼 박진감 넘치게 전율을 느낀 적은 없었다. 인간 사냥을 하느라 미친 듯이 빠르게 템스 강을 누빈 건 처음이다. 우리 배는 계속해서 거리를 좁혀갔다. 밤의 적막 속에서 오로라호의 엔진이 고동치고 신음하는 소리가 들렸다. 선미에 있는 남자는 여전히 몸을 웅크리고 있었다. 이따금 고개를 들어 우리와의 간격을 가늠하며 바쁘게 팔을 움직였다. 우리는 점점 더 가깝게 따라붙었다. 엄청난 속도로 달리는 두 배의 간격은 이제 배 네 척 정도 거리로 좁혀졌다. 배가 직선으로 뻗은 유역으로 접어들고 있었다. 한쪽 강변에는 바킹 평지가, 다른 쪽 강변에는 플럼스테드 습지대가 펼쳐졌다. 존스 형사가 그들을 향해 멈추라고 소리를 질렀다. 우리의 외침을 들은 남자는 선미에 앉아 있다가 벌떡 일어나 주먹을 불끈 쥔 손을 흔들며 높고 갈라진 목소리로 욕설을 해댔다. 남자는 키가 꽤 크고 힘이 세 보였다. 다리를 벌리고 서 있는데, 오른쪽 허벅지 아랫부분에는 나무로 된 의족이 달려 있었다. 범인이 거칠고 사납게 고함을 지르자 갑판에 웅크리고 있던 덩어리가 꿈틀댔다. 몸을 일으키니 키 작고 까무잡잡한 남자였다. 내가 지금껏 본 중에 가장 작은 남자였다. 아주 크고 흉측하게 생긴 머리에는 헝클어진 머리카락이 뒤엉켜 있었다. 홈즈는 이미 권총을 꺼내 들었다. 나도 놈의 야만적이고 기형적인 모습에 급히 권총을 꺼냈다. 작은 남자는 온몸에 어두운 빛깔의 천을 두르고 있었다. 두꺼운 외투 같기도 하고 담요 같기도 했다. 얼굴밖에 보이지 않았지만, 꿈에 나올까 두려울 정도로 충분히 섬뜩했다. 그토록 짐승 같고 잔인한 모습이 도드라진 얼굴은 처음이었다. 작은 두 눈은 음흉한 빛을 내며 이글거렸고, 뒤틀린 입술 사이로는 이빨을 드러내며 웃더니 포효하는 짐승처럼 소리를 질렀다.

"놈이 손을 움직이면 쏘게." 홈즈가 조용히 말했다. 그때 우리는 오로라호와 배 한 척 간격밖에 떨어져 있지 않았다. 손을 뻗으면 거의 닿을 정도였다. 우리 배에 달린 램프가 두 사람이 서 있는 모습을 비추었다. 백인 남자는 다리를 넓게 벌리고 서서 욕설을 해댔고, 흉측하게 생긴 악랄한 난쟁이는 누런 이빨을 부드득 갈고 있었다.

녀석의 모습을 또렷하게 볼 수 있어 다행이었다. 우리가 주시하고 있는데도 작은 남자는 몸을 감싼 천 밑에서 문구용 자처럼 생긴 짧고 둥근 나뭇조각을 꺼내 입에 물었다. 홈즈와 내가 동시에 방아쇠를 당겼다. 남자는 팔을 뚝 떨어뜨리더니 숨이 막히는 듯 기침 소리와 함께 빙그르르 굴러 강물에 풍덩 빠졌다. 나는 얼핏 하얀 물거품 위로 녀석의 표독스럽고 위협적인 두 눈을 보았다. 그 순간 의족을 한 사내는 직접 키를 아래로 세게 당겨 배가 남쪽 강기슭을 향하도록 했다. 뒤를 바짝 쫓던 우리도 곧바로 방향을 틀었지만 오로라호는 이미 강둑에 거의 이르렀다. 황폐하고 고립된 넓은 습지대가 희미하게 모

습을 드러냈다. 여기저기 고인 물웅덩이와 썩은 식물들이 보였다. 오로라호는 둔탁한 고동 소리를 내며 강기슭의 진흙 밭으로 올라섰다. 뱃머리는 공중에 뜨고 선미는 물에 잠겼다. 의족을 한 사내가 배에서 뛰어내렸다. 그러나 이내 의족이 진흙에 깊숙이 박히고 말았다. 몸을 비틀며 안간힘을 썼지만 소용없었다. 한 발짝도 앞으로 나아가지도 뒤로 물러서지도 못했다. 남자가 무력감에 괴성을 질렀다. 남은 한쪽 다리로 사납게 진흙을 걷어찼지만 그럴수록 의족은 더 깊숙이 진흙 속으로 빠져들었다. 우리가 경비정을 정박시키고 보니 의족을 한 남자는 이미 진흙에 단단히 박혀 있었다. 우리는 남자의 어깨 위로 밧줄을 던져 간신히 끌어냈다. 마치 포악한 물고기를 잡아끄는 것 같았다. 스미스 부자는 자기네 배에 시무룩한 표정으로 앉아 있었다. 경찰이 명령하자 순순히 경비정으로 옮겨 탔다. 우리는 오로라호의 뱃머리를 돌려 경비정 선미에 단단히 고정시켰다. 오로라호 갑판에서 강철로 만든 인도풍의 단단한 상자를 발견했다. 숄토 집안에 있던 불길한 보물 상자가 틀림없었다. 열쇠는 달려 있지 않고 꽤 무거웠다. 아주 조심스럽게 경비정 선실로 옮겼다. 우리는 다시 상류로 천천히 올라오면서 탐조등을 이리저리 비춰보았지만 난쟁이 섬사람의 흔적을 찾을 수는 없었다. 템스 강 바닥 어딘가에 그 기괴한 방문객이 누워 있을 것이다.

"여기 봐." 홈즈가 나무로 된 갑판 출입구를 가리키며 말했다. "우리가 아슬아슬하게 방아쇠를 당겼군." 우리가 서 있던 자리 바로 뒤에 우리가 익히 알고 있는 섬뜩한 독침 하나가 박혀 있었다. 홈즈와 내가 총을 발사한 순간 우리 사이로 스쳐 지나간 게 분명했다. 홈즈는 미소를 지으며 아무렇지 않다는 듯 어깨를 으쓱했다. 나는 솔직히 그날 밤 우리가 끔찍하게 죽을 수도 있었다고 생각하니 소름이 끼쳤다.

11
위대한 아그라의 보물

우리가 잡은 범인은 선실 안에 앉아 있었다. 앞에는 그놈이 손에 넣기 위해 그토록 오래 기다리고 갖은 노력을 기울였던 철제 상자가 놓여 있었다. 남자는 검게 그을린 얼굴에 험악한 눈빛을 하고 있었다. 온통 잡티와 주름으로 덮인 구릿빛 피부가 뙤약볕에서 고된 노동에 시달렸음을 말해주었다. 털이 덥수룩하고 툭 튀어나온 턱 모양새가 한번 뜻을 세우면 쉽게 굽히지 않는 성격임을 짐작케 했다. 까만 곱슬머리에 듬성듬성 흰머리가 나 회색빛이 도는 걸 보니 나이는 쉰 살쯤 된 것 같았다. 얌전히 있을 때 표정은 아주 나쁜 인상은 아니었다. 다만 내가 이미 목격한 것처럼, 화를 내면 짙은 눈썹과 저돌적으로 생긴 턱 때문에 인상이 무섭게 변했다. 범인은 수갑 찬 손을 무릎에 올려놓고 고개를 숙인 채 날카롭게 반짝이는 눈으로 모든 만행의 원인이 된 상자를 바라보았다. 사내의 냉담하고 굳은 표정에서 분노보다는 비애가 느껴졌다. 그자와 눈이 마주쳤을 때 어렴풋하게 씁쓸한 미소가 엿보였다.

"조녀선 스몰." 홈즈가 시가에 불을 붙이며 말했다. "일이 이렇게 돼서 유감이오."

"나도 유감입니다." 남자가 솔직하게 감정을 드러냈다. "일을 되돌릴 수 없다는 것을 압니다만, 맹세코 나는 바솔로뮤 숄토 씨에게 손 하나 까딱하지 않았습니다. 악마 같은 통가 놈이 몹쓸 독침을 쏴서 그렇게 된 거예요. 나는 그 사람 죽은 것과는 아무 관련이 없습니다. 마치 제 피붙이가 죽은 것처럼 마음이 아팠다고요. 오죽하면 내가 그 마귀 같은 놈을 밧줄로 후려쳤겠습니까. 그러나 이미 벌어진 일이라 되돌릴 수 없었어요."

"시가 한 대 피우세요." 홈즈가 말했다. "온몸이 흠뻑 젖었으니 이 술통에 담긴 술도 한 모금 마시는 게 좋을 거요. 당신이 밧줄을 타고 올라오는 동안 그 검은 사내처럼 작고 약한 사람이 어떻게 혼자 바솔로뮤 숄토 씨를 제압하고 있을 거라 생각했소?"

"마치 현장에 있었던 것처럼 말하는군요. 사실 나는 방이 비어 있을 거라고 생각했어요. 내가 그 집 사정을 잘 아는데, 그 시간이면 보통 숄토 씨가 저녁을 먹으러 아래층에 내려가거든요. 진실을 말씀드리는 겁니다. 지금 나를 가장 잘 방어할 수 있는 것은 진실뿐이니까요. 만약 숄토 소령이었다면 가벼운 마음으로 해치웠을 거예요. 시가를 피우는 것보다 더 망설임 없이 칼로 찔렀을 거예요. 하지만 원한도 없는 소령의 아들을 죽인 죄로 감옥살이를 하게 되는 건 정말 말도 안 되는 일입니다."

"이번 사건은 런던 경찰국 소속 애셜니 존스 형사 담당이오. 존스 형사가 당신을 내 하숙집으로 데려갈 거요. 거기서 내가 이번 사건의 진실을 물으면 숨김없이 다 털어놓으시오. 그러면 내가 당신을 도울 수도 있을 테니까. 내 생각에는 독이 아주 빨리 퍼져서 당신이 방에 도착하기도 전에 숄토 씨가 이미 사망했다는 걸 입증할 수 있을 것 같소."

"맞아요. 내가 도착했을 때 이미 죽어 있었어요. 창문으로 들어와 보니 숄토 씨가 어깨에 고개를 떨어뜨린 채 웃고 있었어요. 그 표정을 보고 얼마나 놀랐는지 몰라요. 정말 소름끼쳤습니다. 통가 놈이 잽싸게 내빼지 않았더라면 반쯤 죽여놨을 거예요. 정신없이 도망치느라 곤봉과 독침들도 떨어뜨렸다고 하더군요. 그것들 때문에 우리를 추적하기가 더 쉬웠겠지요. 물론 정확한 건 내가 모릅니다만. 그렇다고 선생님에게 악감정이 있는 것은 전혀 아닙니다. 하여간 참으로 기묘한 운명입니다." 남자가 쓴웃음을 지으며 덧붙였다. "50만 파운드를 가질 정당한 권리가 있는 내가 인생의 절반은 안다만 제도에서 방파제를 쌓는 데 허비하고, 나머지 절반은 다트무어 교도소에서 배수로를 파며 보내게 생겼으니까요. 상인 아흐메트에게 처음 눈길을 주고, 아그라의 보물에 관여하게 된 날이 내 인생 최악의 날이에요. 아그라의 보물을 갖게 된 사람은 모두 저주를 받았어요. 아흐메트는 살해되었고, 숄토 소령은 두려움과 죄책감에 시달렸죠. 그리고 나는 노예 같은 인생을 살게 되었고요."

그 순간 존스 형사가 작은 선실로 넓적한 얼굴과 건장한 어깨를 들이밀었다. "아주 오붓하군요." 존스 형사가 말했다. "홈즈 선생, 나도 그 술 한 모금 주세요. 우리 서로에게 축하해줍시다. 또 한 놈을 생포하지 못한 게 아쉽지만 선택의 여지가 없었어요. 홈즈 선생, 아주 아슬아슬했던 거 인정하시죠? 오로라호를 따라잡느라고 아주 애먹었습니다."

"끝이 좋으면 다 좋은 거죠." 홈즈가 말했다. "하지만 저도 오로라호가 그렇게 빠를 줄은 정말 몰랐답니다."

"스미스가 그러더군요. 오로라호는 이 강에서 가장 빠른 배 중 하나라고요. 만약 자신과 함께 기관을 맡을 사람이 한 명 더 있었더라면 우리에게 절대 잡히지 않았을 거랍니다. 노우드 사건에 대해서는 전혀 아는 바가 없다고 주장하고 있어요."

"그 사람은 정말 모릅니다." 수갑을 찬 스몰이 말했다. "아무것도 몰라요. 제가 그 사람 배를 고른 건 아주 빠르다는 얘기를 들었기 때문이에요. 우리는 아무 얘기도 안 하고, 다만 돈을 넉넉하게 주면서 우리를 그레이브젠드로 데려가 브라질로 떠나는 에스메랄다호를 타게 해주면 한몫 톡톡히 챙겨주겠다고 했지요."

"스미스가 잘못한 게 없다면 아무 일도 없을 겁니다. 우리가 용의자를 잡는 데는 아주 신속합니다만, 섣불리 유죄를 선고하지는 않지요." 뽐내기 좋아하는 존스 형사가 어느새 자기 능력을 과시하기 시작하는 것을 보니 우스웠다. 홈즈의 얼굴에도 미소가 번지는 걸 보니 홈즈 역시 존스 형사의 거드름을 놓치지 않은 모양이었다.

"이제 곧 박스홀 다리에 도착합니다." 존스 형사가 말했다. "왓슨 선생은 거기서 보물 상자를 들고 내리세요. 이건 아주 이례적인 일입니다. 그래도 약속은 약속이니까요. 이 일에 제 책임이 아주 막중하다는 말씀은 더 이상 안 해도 되겠죠? 다만 선생이 맡을 물건이 워낙 값어치가 있는 거라 의무상 경위 한 명이 동행하도록 하겠습니다. 당연히 마차를 타실 거죠?"

"네, 마차를 타야죠."

"열쇠가 없어서 안타깝네요. 있었다면 먼저 한번 살펴볼 텐데. 부수고 여는 수밖에 없겠군요. 이봐, 열쇠 어디 있어?"

"강바닥에요." 스몰이 짧게 답했다.

"흥! 괜한 고생시킬 필요 없다고. 자네 때문에 우리는 충분히 힘들었으니까. 의사 선생, 조심하라고 얘기 안 해도 되겠죠? 상자를 다시 베이커 스트리트 하숙집으로 가져오세요. 경찰서로 가기 전에 거기 먼저 들를 테니까요."

나는 박스홀에서 화통하고 상냥한 경위와 함께 철제 상자를 들고 내렸다. 마차를 타고 15분쯤 만에 세실 포리스터 부인 댁에 도착했다. 너무 늦은 시간이라 하녀가 놀란 기색이었다. 세실 포리스터 부인은 외출 중이며 아주 늦게 돌아올 거라고 했다. 다행히 모스턴 양은 응접실에 있다고 했다. 나는 친절한 경위에게 마차에서 기다리라고 하고 혼자서 상자를 들고 응접실로 들어갔다.

모스턴 양은 열린 창문 옆에 앉아 있었다. 얇은 소재로 만든 흰색 드레스를 입고 있었는데, 목과 허리 부분에는 주황색 빛이 감돌았다. 버들가지로 엮어 만든 의자에 기대고 앉은 모스턴 양의 곱고 진지한 얼굴 위로 갓을 쓴 등에서 흘러나온 부드러운 불빛이 아른거렸다. 풍성하게 말아 올린 윤기 나는 머리카락이 빛을 받아 반짝였다. 모스턴 양은 의자 팔걸이 위로 새하얀 팔을 늘어뜨리고 있었다. 자세나 표정으로 보아 우울한 생각에 빠져 있는 것 같았다.

내 발소리에 모스턴 양이 의자에서 벌떡 일어났다. 놀라면서도 반가워하며 창백하던 볼을 붉혔다.

"마차 소리를 들었어요." 모스턴 양이 말했다. "포리스터 부인이 생각보다 일찍 돌아오시나 보다 생각했어요. 선생님이 오실 거라고는 상상도 못 했어요. 무슨 소식이라도 있나요?"

"소식보다 더 좋은 걸 가져왔습니다." 나는 탁자 위에 상자를 내려놓았다. 마음이 무거웠지만 유쾌하고 들뜬 어조로 말했다. "세상 그 어떤 소식보다 값진 걸 가져왔지요. 보물입니다."

모스턴 양이 철제 상자를 바라보았다. "이게 그 보물인가요?" 아주 침착한 목소리로 물었다.

"그렇습니다. 이게 그 엄청난 아그라의 보물이에요. 절반은 당신 몫이고, 나머지 절반은 새디어스 숄토 씨 몫이죠. 두 사람이 각각 20~30만 파운드 정도 갖게 될 겁니다. 매년 1만 파운드씩 써도 되겠네요. 영국에 모스턴 양보다 더 부유한 여성은 드물 거예요. 정말 잘됐어요."

내가 실제 느끼는 기쁨보다 너무 과장되게 표현한 나머지 모스턴 양은 내가 공허한 말들을 쏟아내고 있다는 것을 알아챈 눈치였다. 눈썹을 약간 치켜세우더니 의심 가득한 눈으로 나를 쳐다보았다.

"제가 보물을 갖게 된다면." 모스턴 양이 말했다. "그건 선생님 덕분이죠."

"아니, 그렇지 않아요." 내가 말했다. "제가 아니라 제 친구 홈즈 덕분이죠. 저는 단서 하나도 못 찾은 걸요. 홈즈처럼 천재적인 분석력을 지닌 사람도 결코 쉽지 않은 사건이었어요. 마지막 순간에도 하마터면 놓칠 뻔했어요."

"자, 여기 앉아서 얘기 좀 해주세요." 모스턴 양이 말했다.

나는 지난번 이곳을 다녀간 이후에 벌어진 일들을 간략하게 이야기했다. 홈즈가 새롭게 시도한 수색 작전과 오로라호의 발견, 애셜니 존스가 동행한 저녁 원정 그리고 템스 강에서 펼쳐진 추격전을 들려주자 모스턴 양은 두 눈을 반짝이며 입을 다물지 못했다. 독침이 아슬아슬하게 우리를 빗나갔다는 말을 듣고는 안색이 창백해졌다. 나는 모스턴 양이 기절할까 걱정돼 급히 물을 따라주었다. "괜찮아요, 이제 괜찮습니다. 제가 두 분을 그런 위험에 빠뜨렸다니 너무 놀랐어요."

"다 끝난 일인 걸요." 내가 말했다. "별일 아니에요. 더 음울한 얘기는 하지 않겠어요. 좀 더 밝은 걸로 화제를 바꾸죠. 마침내 보물을 찾았습니다. 이보다 더 기분 좋은 일이 어디 있겠어요? 모스턴 양이 가장 먼저 확인하는 게 좋을 것 같아 잠시 허락을 받고 가져온 거예요."

"대단히 기쁜 일이죠." 말은 그렇게 했지만 목소리에는 기뻐하는 기색이 전혀 없었다. 이 보물을 찾아내기까지 많은 어려움이 있었는데, 자신이 냉담하게 반응한다면 무례한 행동이라고 생각한 게 분명했다.

"상자가 참 예쁘네요!" 모스턴 양이 보물 상자에 몸을 숙이며 말했다. "인도에서 만들었겠죠?"

"맞아요. 베나레스(인도 동부에 있는 힌두교 성지로 지금의 바라나시―옮긴이)에서 만든 금속 세공품이에요."

"아주 무겁군요." 모스턴 양이 들어보려고 힘을 주며 말했다. "상자만 해도 값어치가 상당하겠는데요. 열쇠는 어디 있죠?"

"스몰이 템스 강에 던져버렸대요." 내가 대답했다. "포리스터 부인의 부지깽이를 좀 빌려야겠군요." 앞쪽에 달린 크고 두꺼운 자물쇠에 석가모니 좌상이 새겨져 있었다. 나는 자물쇠

아래에 부지깽이의 한쪽 끝을 끼워 넣고 지렛대 원리를 이용해 바깥쪽으로 힘을 주었다. 툭 소리와 함께 자물쇠가 끊어졌다. 나는 떨리는 손으로 뚜껑을 열어젖혔다. 우리는 너무 놀라서 한참 동안 안을 들여다보고 서 있었다. 보물 상자가 비어 있었다!

그런데도 상자가 무거운 건 당연했다. 철제 상자의 두께 자체가 1.5센티미터가량으로 두껍게 만들어졌기 때문이었다. 고가의 물건을 보관하는 상자답게 크고 단단하게 잘 만들어졌지만, 안에는 보석 조각은커녕 금속 부스러기도 들어 있지 않

았다. 완전히 텅텅 비어 있었다.

"보물이 사라졌군요." 모스턴 양이 침착하게 말했다.

그 말의 의미를 깨달은 순간 내 영혼에서 거대한 그림자가 빠져나가는 것 같았다. 그제야 나는 아그라의 보물이 나를 얼마나 무겁게 짓누르고 있었는지를 깨달았다. 분명 이기적이고 의롭지 않으며 잘못됐다는 걸 알지만, 나는 우리 사이에 놓였던 황금 장벽이 사라졌다는 생각

밖에 들지 않았다. "신이시여, 고맙습니다!" 내가 진심에서 우러나 외쳤다.

모스턴 양이 웃는 얼굴로 물었다. "왜 그런 말을 하는 거죠?"

"이제 다시 당신을 잡을 수 있게 되었으니까요." 나는 이렇게 말하며 모스턴 양의 손을 잡았다. 모스턴 양은 뿌리치지 않았다. "메리, 내가 당신을 진심으로 사랑하니까요. 이 보물 때문에, 당신이 부자가 된다는 생각 때문에 그동안 이 말을 할 수 없었어요. 그런데 모두 사라져버렸으니 이제는 내가 당신을 얼마나 사랑하는지 말할 수 있잖아요. 그러니 그렇게 말할 수밖에요. '신이시여, 고맙습니다!'라고 말입니다."

"그럼 저도 말해야겠네요. 신이시여, 고맙습니다." 내가 끌어당기자 모스턴 양이 속삭였다. 보물을 잃어버린 게 누구인지 몰라도 그날 밤 내가 보물을 얻었다는 사실만은 확실했다.

12
조너선 스몰의 기묘한 이야기

내가 다시 마차에 오를 때까지 시간이 꽤 걸렸는데도 경위는 참을성 있게 기다리고 있었다. 내가 텅 빈 상자를 보여주자 경위의 얼굴이 어둡게 변했다.

"포상금이 날아갔군요!" 경위가 맥빠진 얼굴로 말했다. "보물이 없으면 포상금도 없죠. 보물이 들어 있었다면 오늘 밤 근무로 샘 브라운과 제가 10파운드씩은 받았을 텐데 말입니다."

"새디어스 숄토 씨가 부자니까 보물이 없더라도 선생들에게 적절한 보상을 할 겁니다."

경위는 실망스러운 표정으로 고개를 저었다. "일이 난처하게 됐어요. 애셜니 존스 형사님도 그렇게 생각할 거예요."

경위의 예상이 맞았다. 내가 베이커 스트리트에 도착해 빈 상자를 보여주자 존스 형사는 아연실색했다. 존스 형사는 당초 계획과 달리 홈즈와 함께 범인을 데리고 경찰서에 먼저 들러 상황을 보고하고 하숙집에 막 도착한 참이었다. 홈즈는 안락의자에 편하게 기대앉아 평소처럼 무기력한 표정을 하고 있었다. 맞은편에는 스몰이 의족을 멀쩡한 다리 위에 올려놓고 아무 관심 없다는 듯 멍하니 앉아 있었다. 내가 보물 상자 뚜껑을 열어 텅 비었음을 알리자, 스몰은 의자에 몸을 기대며 큰 소리로 웃었다.

"스몰, 자네 짓이군." 존스 형사가 화를 내며 말했다.

"맞습니다. 당신들이 절대 찾을 수 없게 빼돌렸지요." 승리감에 도취된 듯 스몰이 큰 소리로 말했다. "그건 내 보물입니다. 내가 가질 수 없다면 다른 누구도 가질 수 없게 해야죠. 분명히 말하지만 나와 안다만 교도소에 있는 세 명의 동지들 외에는 아무도 그 보물을 가질 권리가 없어요. 이제 내가 보물을 관리할 수 없게 된 이상 내 동지들도 보물을 가질 수 없어요. 나는 지금껏 나 자신만을 위해서가 아니라 내 동지들을 위해 많은 일을 감행했어요. 네 사람의 서명이 늘 우리와 함께했죠. 동지들이 곁에 있었더라도 보물을 숄토나 모스턴의 자식들에게 주느니 차라리 템스 강에 던져버리라고 했을 거예요. 우리가 그 사람들을 부자가 되게 해주려고 아흐메트에게 그런 짓을 한 게 아니니까요. 보물과 열쇠, 그리고 통가까지도 모두 한 곳에 있겠군요. 당신네들이 탄 배가 우리를 쫓아온다는 걸 알았을 때 보물을 안전한 곳으로 빼돌렸어요. 이번 여행으로 당신들은 한 푼도 못 건져요."

"스몰, 당신 지금 거짓말하고 있잖아." 존스 형사가 단호하게 말했다. "보물을 템스 강에 던져버릴 생각이었다면 보물 상자를 통째로 던지는 게 훨씬 쉬웠을 텐데."

"던지기가 쉬우면 찾기도 쉽겠죠." 스몰이 곁눈질로 쏘아보며 말했다. "나를 추격해올 정도로 영리한 사람이라면 강바닥에서 보물 상자를 건져내는 것도 거뜬히 하겠죠. 하지만 이제 보물이 흩어진 범위가 10킬로미터는 족히 될 테니 쉽지 않을 겁니다. 보물을 내던질 때 내 마음도 찢어지는 것 같았어요. 당신들이 쫓아오는 걸 알고 나는 반쯤 실성했었죠. 그렇다고 후회하거나 슬퍼하지 않아요. 그동안 좋은 일, 나쁜 일 숱하게 겪으면서 이미 엎질러진 물에 대고 울어봤자 소용없다는 걸 깨달았죠."

"스몰, 이건 아주 심각한 문제야." 존스 형사가 말했다. "자네가 이런 식으로 일을 그르치지 않고 정의를 실현할 수 있게 도왔더라면 재판에서 상당히 유리했을 텐데 말이야."

"정의?" 전과자가 매섭게 쏘아붙였다. "빌어먹을 정의! 이 보물이 우리 것이 아니면 누구 것이죠? 아무 상관없는 이들에게 주려고 내 보물을 포기해야 하는 정의가 어디 있소? 내가 어떻게 얻은 보물인데! 10년 동안 뜨거운 습지에서 지내며 낮에는 맹그로브 나무 아래서 노역하고, 밤에는 더러운 죄수 막사에서 사슬에 묶인 채 모기에 뜯기고 학질에 시달렸어요. 백인을 괴롭히기 좋아하는 망할 검둥이 경찰들에게 맞기도 많이 맞았다고요. 나는 그렇게 힘들게 아그라의 보물을 얻었어요. 그런데 지금 당신은 내가 그 고생한 대가를 다른 사람이 못 누리게 한다고 내게 정의 운운하는군요! 딴 놈이 내 돈으로 떵떵거리며 사는 동안 감옥에 앉아 괴로워하느니 차라리 스무 번이고 교수형을 받거나 통가의 독침을 맞고 죽어버리겠소." 스몰은 절제의 가면을 벗어버렸다. 눈빛을 이글거리며 거친 말들을 폭풍처럼 쏟아냈다. 감정을 주체하지 못하고 손을 격렬히 움직이는 통에 계속 수갑끼리 부딪치는 소리가 났다. 스몰의 분노와 열의를 지켜보면서 숄토 소령이 느꼈을 공포가 이해되었다. 이렇듯 상처받은 죄수가 자신을 노리고 있다는 사실을 처음 알았을 때의 공포감이란 지극히 당연하고 정상적이라고 생각되었다.

"우리는 이 모든 사실을 전혀 모르고 있었소." 홈즈가 점잖게 말했다. "우리는 아직 당신 이야기를 듣지 못했으니, 당신 입장에서 어디까지가 정의로운지 알 수 없소."

"선생님은 쭉 꽤 타당한 말씀만 하시는군요. 내 손목에 채워진 수갑도 선생님 덕분입니다만. 그렇다고 원한 같은 건 없습니다. 공명정대한 일이니까요. 내 이야기를 듣고 싶으시다면 뜸 들일 생각은 없습니다. 내가 하는 이야기는 모두 진실입니다. 유리잔은 여기 옆에 놓아주십시오. 목마를 때 입술을 축이겠습니다. 고맙습니다.

나는 본래 우스터셔 출신입니다. 퍼쇼어 근처에서 태어났죠. 그 지역에 가시면 스몰이라는 성을 가진 사람들을 많이 보실 겁니다. 이따금 가보고 싶은 생각이 있지만, 내가 워낙 가족들에게 신임을 얻지 못해서 가본들 반겨줄까 의문이 들더라고요. 모두들 착실하게 교회에 다니고, 그 지역에서 존경받는 이름난 농부들인데 나만 늘 겉돌았어요. 그러다 열여덟 살 되던

해에 가족들은 더 이상 나 때문에 골치 아파하지 않아도 되었죠. 여자 문제로 큰 말썽을 일으키는 바람에 문제를 피하려면 군대에 가는 수밖에 없었거든요. 그래서 곧 인도로 떠나는 제 3보병 연대에 자원했어요.

하지만 군대에 오래 있을 운명은 아니었나 봅니다. 무릎을 굽히지 않고 걷는 구스스텝과 머스켓 소총 다루는 법을 겨우 배웠을 때였어요. 어리석게도 갠지스 강에 수영을 하러 들어갔지요. 다행히 존 홀더 하사가 물에 함께 있었어요. 부대에서 수영 실력이 가장 뛰어났거든요. 내가 강을 반쯤 건넜을 때 그만 악어가 내 다리를 물었어요. 오른쪽 무릎 위까지 마치 외과 의사가 잘라낸 것처럼 싹둑 뜯어가 버렸죠. 나는 쇼크와 과다 출혈로 정신을 잃었어요. 홀더 하사가 나를 붙잡고 강둑으로 옮기지 않았더라면 익사하고 말았을 거예요. 그 후 다섯 달 동안 입원해 있었어요. 잘려나간 부분에 의족을 달고 절룩거리며 퇴원했을 때는 이미 의병 제대 처리가 되어 있었고, 활동적인 직업은 구할 수가 없었어요.

짐작하시겠지만 아직 스무 살도 안 된 어린 나이에 불구가 되었으니 그때는 정말 운이 나빴어요. 그런데 곧 그 시련이 불운을 가장한 은총이라는 것을 알았지요. 인디고 농장주로 자리 잡은 에이블 화이트라는 사람이 쿨리(19세기 인도와 중국 등 식민지에서 강도 높은 육체노동에 동원된 사람들—옮긴이)들의 작업을 관리할 감독관을 찾고 있었거든요. 마침 그 사람이 내가 있던 부대 대령의 친구였어요. 내가 사고를 당한 뒤로 신경을 써주고 있던 대령이 그 자리에 나를 적극 추천했어요. 감독 일은 대부분 말을 타고 해야 했지만 한쪽 다리가 불구인 건 큰 문제가 아니었어요. 안장을 꼭 붙들 만큼의 다리는 남아 있었으니까요. 내 임무는 말을 타고 농장을 돌아다니면서 쿨리들이 일을 제대로 하는지 감시하고, 게으름 피우는 자가 있으면 보고하는 거였죠. 급여도 넉넉했고, 숙소도 편안했어요. 여생을 인디고 농장에서 보내도 좋겠다고 생각할 만큼 모든 게 만족스러웠죠. 에이블 화이트 씨도 다정했어요. 이따금 내 누추한 숙소에 들러서 함께 담배도 피우곤 했지요. 고국에 있을 때와 달리 타지에 나가면 백인들끼리 서로에게 의지가 되니까요.

하지만 운 좋은 시절은 오래가지 않았어요. 아무런 예고도 없이 인도에서 대규모 반란이 일어났지 뭡니까. 한 달 전까지만 해도 서리나 켄트처럼 고요하고 평화로웠던 곳이었는데, 20만 명의 검은 악마들이 몰려나와 나라 전체를 지옥으로 만들어버렸어요. 물론 선생들이 나보다 더 잘 아시겠죠. 나는 읽는 데 취미가 없어서 내가 아는 건 눈으로 직접 본 것들뿐입니다. 내가 일하는 농장은 무트라(인도 북부 힌두교 성지로 유명한 마투라의 옛 이름—옮긴이)라는 지역에 있었어요. 서북 지방 경계선에 가까웠죠. 밤마다 방갈로들이 불에 타 하늘을 뻘겋게 물들였고, 낮에는 유럽 사람들이 처자식을 데리고 아그라로 피난을 떠나느라 우리 농장을 가로질러 갔어요. 군대가 주둔해 있는 가장 가까운 곳이 아그라였거든요. 에이블 화이트 씨는 고집이 있었어요. 사태가 과장되게 알려졌다면서, 폭동이 갑자기 일어난 것처럼 갑자기 가라앉을 거라고 예상했지요. 온 나라가 화염에 휩싸였는데도 그 사람은 베란다에 앉아서 위스키소다를 마시며 궐련을 피웠어요. 나와 도슨은 에이블 화이트 씨 곁을 지키며 장부 정리와 농장 관리를 했지요. 그런 데 어느 화창한 날 일이 터지고 말았어요. 농장 멀리까지 나갔던 나는 저녁이 되어서야 말을 타고 천천히 집으로 오고 있었어요. 경사진 수로 바닥에서 무언가가 보여서 말을 타고 내려가 확인했죠. 그 순간 심장이 얼어붙는 줄 알았어요. 도슨의 아내가 온몸이 갈기갈기 찢긴 채 자칼과 들개들에게 반쯤 먹힌 상태였죠. 얼마 떨어지지 않은 도로 위에는 도슨이 숨진 채 누워 있었어요. 손에는 총알을 다 써버린 권총이 들려 있었죠. 그 앞에는 세포이(영국 동인도회사에 고용된 인도 용병―옮긴이) 네 명이 쓰러져 있었어요. 나는 말을 세우고 어느 방향으로 가야 할지 고민했어요. 바로 그때 에이블 화이트 씨의 방갈로에서 시커먼 연기가 피어오르고 지붕에서 불길이 치솟는 게 보였어요. 내가 그곳으로 가더라도 목숨만 위태로워질 뿐 에이블 화이트 씨를 구할 수는 없다고 생각했어요. 멀리서도 빨간 외투를 입은 검은 악마 수백 명이 불타는 집을 에워싸고 춤을 추며 이상한 소리를 내는 게 보였어요. 그들 중 몇 명이 나를 발견했고, 금세 총알 두세 발이 피융피융 하며 머리 바로 옆을 스쳐갔어요. 나는 급히 논을 가로질러 도망쳤고, 밤늦게 아그라에 도착했어요.

하지만 이내 그곳도 아주 안전하지는 않다는 걸 알았어요. 온 나라가 벌집을 쑤셔놓은 것 같았지요. 영국인들이 몇 명이라도 모일 수 있으면 물러서지 않고 총을 들었지만 그렇지 않은 곳에서는 도망 다니는 수밖에 없었어요. 수백만 명이 수백 명을 상대로 하는 싸움이었으니까요. 가장 섬뜩한 건 우리가 싸우는 상대가 모두 우리가 선발해 가르치고 훈련시킨 용병들이라는 사실이었어요. 보병, 기병, 포병 모두 우리 무기를 다루고 우리의 집합 나팔을 불었죠. 아그라에는 벵골 제3보병 연대와 기병대 2개 중대, 포병대 1개 중대, 그리고 시크교도들이 소수 있었어요. 상인과 점원들이 조직한 의용대에 비록 불구지만 나도 자원했어요. 우리는 7월 초에 아그라에 있는 샤간지 지역에서 폭도들과 맞서 싸웠습니다. 처음에는 우리가 우세했지만 화약이 동나면서 시내까지 후퇴했어요. 여기저기서 들려오는 건 나쁜 소식밖에 없었죠. 그도 그럴 것이 지도를 보면 아시겠지만 우리가 반란의 중심부에 있었거든요. 동쪽으로 160킬로미터 떨어진 곳에 러크나우(아그라가 속해 있는 우타르프라데시 주의 주도로, 세포이 항쟁 당시 영국인의 희생이 컸다—옮긴이)가 있고, 남쪽으로 그만큼 가면 칸푸르(영국군 병영이 있던 곳으로, 세포이 항쟁 당시 영국군인들이 학살당했다—옮긴이)였지요. 아그라를 중심으로 사방 어디를 가도 고문과 학살, 유린이 난무했어요.

아그라는 온갖 신들을 광적으로 믿는 사람들이 모여드는 거대한 도시였어요. 길이 좁고 꼬불꼬불해 몇 안 되는 우리 의용군이 방향을 잃자, 대장은 강 건너편 옛 아그라 성에 진지를 세웠어요. 선생들 중 아그라 성에 대해 아는 분이 있나 모르겠군요. 아주 기묘한 곳이에요. 내가 있어본 곳 중 가장 기묘한 곳이죠. 먼저 규모가 어마어마해요. 면적이 족히 수천 평은 될 거예요. 현대식 건물이 있었는데, 우리 의용군과 부녀자들, 그리고 짐과 다른 모든 것을 충분히 수용하고도 남았어요. 구식 건물은 그보다 훨씬 넓었지만, 전갈과 지네만 득실하고 사람은 얼씬도 안 했어요. 텅 빈 홀과 구불구불한 복도, 이쪽저쪽으로 들고나는 회랑 때문에 길을 잃기 십상이었지요. 그래서 간혹 횃불을 들고 단체로 탐험에 나서는 경우는 있어도 혼자서 발을 들여놓는 사람은 없었어요.

아그라 성 앞에 강이 흘러 보호막 역할을 해주었어요. 하지만 우리 부대가 주둔해 있는 현대식 건물은 물론 구식 건물까지 방어해야 하는 상황에서 성의 측면과 후면에 문이 너무 많다는 게 불리하게 작용했지요. 건물 구석구석에 총으로 무장한 경비 인력을 배치하기에는 인원이 부족하고, 문마다 건장한 경비 요원을 세우는 것도 불가능했어요. 그래서 결국 성 한

가운데에 중앙 경비대를 만들고, 각 문을 백인 한 명과 두세 명의 현지인이 책임지기로 했어요. 저는 건물 남서쪽 후미진 곳에 있는 작은 문을 밤에만 맡게 되었어요. 내 휘하에 시크교도 병사 두 명이 있었고, 뭔가 문제가 생기면 머스킷 소총을 쏘라고 지시를 받았지요. 그 즉시 중앙 경비대에서 지원을 받을 수 있을 거라면서요. 하지만 중앙 경비대가 족히 200보는 떨어져 있는 데다 중간에 복도와 회랑이 미로처럼 얽혀 있어, 실제로 공격을 받을 경우 신속하게 도착해 적절한 도움을 줄 수 있을지 심히 의심스러웠어요.

어쨌거나 경험이 미천한 데다 한쪽 다리에 장애까지 있는 나로서는 그런 작은 권한이라도 주어진 것에 무척 자부심을 느꼈어요. 이틀 밤 동안 부하들과 보초를 섰어요. 이름이 마호메트 싱과 압둘라 칸이었는데, 둘 다 키가 크고 인상이 사나웠어요. 펀자브 출신으로 칠리안왈라 전투 때 무기를 들고 영국군에 대항한 전력이 있었죠. 영어를 곧잘 썼지만 내가 알아들을 수 있는 말은 별로 없었어요. 두 사람은 나란히 서서 희한한 시크 어로 밤새 떠들기를 좋아했어요. 나는 혼자 문밖에 나가 넓고 굽이진 강을 내려다보거나 거대한 도시에서 반짝이는 불빛을 바라보곤 했지요. 북소리가 둥둥 울리고, 아편과 대마에 취한 반란군들이 질러대는 비명과 함성이 들릴 때면 강 건너에서 밤새 얼마나 끔찍한 일들이 벌어지고 있을지 짐작하고도 남았어요. 두 시간마다 당직 장교가 각 성문을 돌며 아무 이상 없는지 살폈어요.

야간 근무를 선 지 사흘째 되던 날이었습니다. 비바람이 휘몰아치고 칠흑같이 어두운 밤이었는데, 그런 날씨에 몇 시간씩 문을 지키고 서 있기란 지루한 일이었죠. 나는 시크교도들의 언어를 써보려고 여러 번 시도했지만 허사였어요. 새벽 2시에 장교가 순찰을 돌면서 잠깐이나마 지루함을 달래주었죠. 부하들과 대화를 나누기가 어렵다고 판단한 나는 파이프 담배를 꺼냈어요. 성냥에 불을 붙이려고 머스킷 소총을 내려놓은 순간 부하 두 명이 달려들었어요. 한 명은 제 총을 가로채 제 머리에 총부리를 겨누었고, 그사이 다른 한 명은 큼지막한 칼을 꺼내 내 목에 대고는 이

를 악문 채 움직이면 찌르겠다고 위협했어요.

처음에는 이들이 반란군과 한패라는 생각에 공격이 시작됐구나 싶었어요. 이 성문을 세포이들에게 내주면 아그라의 성전체가 함락되고, 아녀자들과 아이들이 칸푸르에서처럼 유린을 당할 게 분명했어요. 선생들은 내가 지금 이야기를 지어내고 있다고 생각할지 모르지만

사실입니다. 나는 목에서 칼끝이 느껴지는데도 비명을 지르려고 했어요. 그게 내 마지막 음성이 될지라도 중앙 경비대에 신호를 보내야 한다고 생각했죠. 나를 붙잡고 있던 사내가 내 생각을 눈치챘는지 속삭이더군요. '아무 소리도 내지 마. 성은 안전해. 이쪽에 반란군은 없어.' 사내의 말이 사실이고, 소리를 질렀다가는 죽은 목숨이 될 것 같았어요. 그 사람의 갈색 눈동자에서 그걸 읽을 수 있었지요. 그래서 아무 소리도 내지 않고 그들이 원하는 게 뭔지 말할 때까지 기다렸어요.

 '제 말 잘 들으세요, 사히브(식민지 시대 인도인이 유럽인을 높여 부른 말—옮긴이).' 둘 중에 키가 더 크고 인상도 더 사나운 압둘라 칸이 말했어요. '지금부터 우리와 한편이 되거나 아니면 영원한 침묵에 들거나 둘 중 하나를 선택해야 합니다. 우리에게 아주 중요한 문제라 망설일 시간이 없어요. 예수의 십자가에 대고 진심으로 맹세하세요. 그렇지 않으면 오늘 밤 저 강물에 내던져 반란군에게 넘겨버릴 겁니다. 중간은 없어요. 죽느냐 사느냐뿐입니다. 생각할 시간을 딱 3분 드리겠습니다. 시간은 가고, 다음 순찰을 돌기 전까지 모든 일을 끝내야 하니까요.'

 '내가 어떻게 결정을 내릴 수 있다는 말인가?' 내가 말했어요. '자네들이 내게 원하는 게 뭔지도 모르는데. 다만 그게 뭐든 간에 성의 안전을 위협하는 것이면 거래할 생각이 없으니 나를 죽여도 좋네.'

 '성의 안전과는 무관한 문제입니다.' 칸이 말했어요. '우리는 사히브와 같은 영국 사람들이 인도에서 찾으려는 물건을 줄 겁니다. 당신은 부자가 될 수 있어요. 오늘 밤 우리와 한패가 된다면, 이 칼에 맹세코 보물을 공평하게 나눠드릴 거예요. 시 크교도들은 절대 맹세를 어기지 않습니다. 보물의 4분의 1을 드리겠습니다. 더 공평할 수 없지요.'

'보물이라니?' 내가 물었어요. '나도 자네들만큼이나 부자가 되고 싶어. 어떻게 하면 되는지 알려준다면 말이지.'

'그러면 맹세하세요.' 칸이 말했어요. '아버지의 뼈와 어머니 의 명예 그리고 당신이 믿는 십자가를 걸고 지금부터 우리를 배반하는 말이나 행동은 하지 않겠다고 맹세하세요.'

'맹세하지.' 내가 말했어요. '다만 성을 위험에 빠뜨리지 않 는다는 조건하에.'

'그럼 저와 제 동료도 보물의 4분의 1은 사히브의 몫이라고 맹세할게요. 보물은 우리 넷이서 공평하게 나눌 거예요.'

'우린 셋이잖아.' 내가 말했어요.

'아니에요. 또 한 사람 도스트 아크바르가 있어요. 그자가 올 때까지 기다리면서 다 말씀드릴게요. 마호메트 싱, 자네가 문 에 서 있다가 그들이 오면 알려줘. 사히브, 사정은 이렇습니다. 제가 사히브께 말씀을 드리는 건 퍼링기(일부 아시아 국가 사람 들이 백인을 가리키며 쓰는 말—옮긴이)도 맹세를 중요하게 여긴 다는 것을 알기에 믿어도 된다고 생각해서입니다. 만일 사히 브가 거짓말을 잘하는 힌두교도였다면 제아무리 많은 신을 걸 고 맹세했더라도 제 칼에 피를 묻히고 강물에 내던져졌을 거예요. 하지만 시크교도는 영국 사람들을 잘 알고, 영국 사람들도 시크교도를 잘 알지요. 지금부터 제가 하는 말을 잘 들으세요.

북쪽 지역에 영토는 작지만 재산이 많은 군주가 있습니다. 선대에게 물려받은 유산이 상당한 데다 워낙 알뜰해서 쓰는 돈은 거의 없고, 버는 족족 축적했으니 스스로 불린 재산도 엄청나지요. 폭동이 일어나자 군주는 세포이와 동인도회사 양측 모두와 결탁하려고 했어요. 사자와도 친구가 되고, 호랑이와도 친구가 되려고 한 셈이죠. 그러다 백인들의 시대가 끝났다고 생각했어요. 사방에서 들려오는 거라곤 백인들이 학살되거나 전복되었다는 소식뿐이었으니까요. 하지만 주도면밀한 성격인 군주는 나라가 어떻게 되든 재산의 절반은 꼭 지켜야겠다는 계획을 세웠어요. 금화와 은화는 자신의 대저택에 있는 금고에 보관하고, 값진 보석과 최상급 진주는 철제 상자에 담았지요. 그런 다음 충직한 하인을 상인으로 변장시키고 철제 상자에 담은 보물을 아그라의 성에 옮겨놓으라고 했어요. 나라가 평화로워질 때까지 숨겨둘 작정이었지요. 반란이 성공하면 돈이라도 챙길 수 있고, 동인도회사가 반란을 진압할 경우에는 보물이 남는다는 계산이었죠. 재산을 그렇게 둘로 나눈 뒤 군주는 세포이들과 전적으로 손을 잡았어요. 그쪽 지역에서는 세포이들이 막강했기 때문이죠. 일이 이렇게 됐으니 이제 군주의 보물은 충직한 사람들 몫입니다.

아흐메트 상인으로 가장한 하인이 지금 아그라에 도착해 성

안에 들어올 기회만 엿보고 있습니다. 군주의 비밀을 알고 있으면서 여정에 함께하고 있는 이가 바로 저와 친형제나 다름없는 도스트 아크바르예요. 도스트 아크바르가 오늘 밤 그자를 데리고 바로 이쪽 문으로 오겠다고 했어요. 곧 그들이 도착해 마호메트 싱과 저를 만날 겁니다. 도스트 아크바르가 이쪽 문을 선택한 데는 이유가 있습니다. 워낙 후미져서 도스트 아크바르가 오는 걸 아무도 모르게 할 수 있어서죠. 이제 세상 사람들이 영원히 아흐메트 상인을 모르게 하고 군주의 보물은 우리끼리 나눌 거예요. 제 말 알아들었죠, 사히브?'

평화로운 우스터셔에 살 때는 사람의 목숨을 소중하고 신성하게 여겼어요. 하지만 주위가 온통 화염에 휩싸이고 피비린내가 진동해 어디를 가나 죽음을 목격하게 되니 달라지더군요. 상인 아흐메트가 죽고 사는 문제는 내게 숨 쉬는 것만큼이나 아무렇지 않고, 보물 이야기에 오히려 가슴이 뛰었어요. 그 보물을 갖고 고향에 돌아가면 무엇을 할 수 있을까, 늘 문제만 일으키던 내가 금의환향하는 모습에 고향 사람들이 어떻게 반응할까 생각했어요. 내 마음은 이미 정해졌죠. 그런데 압둘라 칸은 내가 주저한다고 생각하고 더 강하게 설득했어요.

'사히브, 잘 생각해보세요. 아흐메트가 다른 의용군에 붙잡히면 교수형이나 총살을 당하고, 보물은 정부에 환수될 거예요. 그러면 이득을 보는 사람이 아무도 없다고요. 이제 우리가 그자를 잡으면, 나머지 처리도 우리가 한들 뭐가 문제겠어요. 보석은 우리도 동인도회사 금고만큼 잘 간수할 거고요. 그 정도 보물이면 우리 모두 부자가 되고, 아주 높은 사람이 될 수 있을 겁니다. 여기는 외지고 우리밖에 없어서 아무도 모르게 처리할 수 있어요. 더할 나위 없이 좋은 조건이죠. 사히브, 말씀해보세요. 우리와 함께할 건지 아니면 우리의 적이 될 건지.'

'진심으로 자네들과 함께하겠네.' 내가 말했어요.

'좋습니다.' 칸이 내게 소총을 돌려주며 말했어요. '사히브가 우리처럼 맹세를 지킬 거라고 믿습니다. 이제 의형제와 상인을 기다리는 일만 남았습니다.'

'그런데 의형제도 이 계획을 알고 있나?' 내가 물었어요.

'이 계획을 세운 사람이 바로 의형제입니다. 모든 일은 우리의 의형제가 꾸민 거죠. 이제 성문으로 가서 마호메트 싱과 함께 보초를 서도록 합시다.'

비가 계속 추적추적 내렸어요. 우기로 넘어가는 때였거든요. 하늘에 먹구름이 잔뜩 끼어서 앞이 잘 안 보였어요. 성문 앞에 깊은 해자가 있었지만, 군데군데 물이 말라 바닥을 드러낸 터라 건너기는 어렵지 않았어요. 잔인한 펀자브 사람 두 명과 함께 거기 서서 죽으러 오는 사람을 기다리고 있으려니 기분이 참 묘하더군요.

그때 갑자기 해자 건너편 쪽에서 흐릿하게 등불이 반짝이는 게 보였어요. 불빛은 돌무더기 사이로 사라졌다가 다시 나타나 우리를 향해 천천히 다가왔어요.

'저기 온다!' 내가 외쳤어요.

'사히브가 늘 하던 대로 검문을 하세요.' 칸이 속삭였어요.

'의심을 갖게 하면 안 됩니다. 우리와 함께 안으로 들어가라고 하고, 여기서 계속 보초를 서고 있으면 나머지는 우리가 알아서 하겠습니다. 얼굴을 비춰볼 수 있도록 램프를 들고 계세요. 그 사람이 맞는지 확인해야 하니까요.'

깜빡이는 불빛이 제자리에 섰다 움직이기를 반복하면서 점점 가까워지더니, 마침내 해자 건너편에 두 사람의 형체가 흐릿하게 보였어요. 나는 두 사람이 비탈진 기슭을 내려와 진흙탕을 헤치고 건너오는 모습을 지켜보았어요. 성문 근처까지 기어 올라오기만 기다렸다가 검문을 시도했어요.

'거기 누구냐?' 내가 감정을 가라앉히고 물었어요.

'친구들입니다.' 대답이 들렸어요. 나는 램프를 움직여 그들 쪽으로 빛을 비추었어요. 한 사람은 키가 무척 컸어요. 턱수염을 허리춤까지 기르고 있었는데, 서커스장 밖에서 실물로 그렇게 키가 큰 사람을 본 건 처음이었어요. 나머지 한 사람은 작고 뚱뚱했어요. 커다란 노란색 터번을 쓰고, 손에는 천으로 감싼 꾸러미를 들고 있었죠. 두려운지 벌벌 떨고 있었어요. 마치 학질에 걸린 사람처럼 두 손가락을 꼬고, 쥐구멍에서 밖으로 나오려는 생쥐마냥 작은 두 눈을 반짝이며 계속 좌우를 살폈어요. 이런 사람을 죽여야 한다고 생각하니 소름이 돋았어요. 하지만 보물을 생각했죠. 그러자 마음이 부싯돌처럼 단단해졌어요. 내가 백인임을 알아본 남자는 표정이 밝아지더니 뭐라 알아들을 수 없는 말을 중얼대고 내게 달려왔어요.

'사히브, 저를 보호해주십시오.' 남자가 숨을 헐떡이며 말했어요. '가엾은 상인 아흐메트를 지켜주십시오. 아그라 성을 피난처 삼으려고 라지푸타나(파키스탄과 가까운 인도 서북부 지역—옮긴이)를 넘어 여기까지 왔습니다. 동인도회사 편이라는 이유로 가진 것을 빼앗기고 두들겨 맞고 온갖 치욕을 당했습니다. 오늘은 정말 축복받은 날입니다. 저와 저의 얼마 남지 않은 재산을 가지고 아그라의 피난처에 안전하게 도착했으니 말입니다.'

'그 꾸러미는 뭐지?' 내가 물었어요.

'철로 된 상자입니다.' 남자가 대답했어요. '저희 집안과 관련된 물건이 한두 점 들어 있지요. 남들에게는 아무 의미 없는 물건이지만 저로서는 잃어버리면 안 되는 것들이죠. 그렇다고 제가 빈털터리는 아닙니다. 사히브께 충분한 보상을 해드릴 수 있습니다. 제가 은신처를 제공받는 데 더 높으신 분의 허락이 필요하다면 그분께도 기꺼이 보상을 하겠습니다.'

더 오래 얘기를 나눌 자신이 없었어요. 겁에 질린 남자의 포동포동한 얼굴을 보면 그자를 해치는 게 더 힘들어질 것 같았지요. 빨리 끝내는 편이 나았어요.

'중앙 경비대로 데려가게.' 내가 말하자 시크교도 부하 두 명이 남자의 양쪽에 꼭 붙어 서서 데리고 들어갔어요. 또 한 명의 거구는 그들 뒤에서 걸어가고요. 죽음에 완전히 에워싸인 모습이었지요. 나는 램프를 들고 성문 입구에서 기다렸어요.

고요한 회랑에서 박자 맞춰 걷는 듯한 발걸음 소리가 들려왔어요. 그러다 발걸음 소리가 멈추고 말소리가 들렸어요. 실랑이가 벌어지는 것 같더니 가격하는 소리가 났어요. 잠시 후 섬뜩하게도 내가 있는 쪽으로 빠르게 달려오는 소리가 났어요. 거친 숨소리가 들렸죠. 직선으로 길게 뻗은 회랑 쪽으로 등불을 비추니 그 뚱뚱한 상인이 얼굴에 피범벅을 하고 바람처럼 달려오고 있었어요. 검은 수염을 기른 거대한 시크교도가 호랑이처럼 성큼성큼 상인의 뒤를 바짝 쫓고 있었지요. 손에든 칼이 번쩍거렸어요. 작고 뚱뚱한 몸으로 그렇게 빨리 달리는 사람은 처음 봤어요. 시크교도와 간격이 점점 더 벌어졌어요. 그대로 나를 지나쳐 성 밖으로 달아난다면 목숨을 구할 수도 있을 것 같았어요. 그 상인이 가엾게 느껴졌어요. 하지만 다시 한 번 보물을 떠올리며 마음을 모질게 먹었어요. 나는 상인이 내 앞을 지날 때 두 다리 사이에 총을 발사했어요. 총 맞은 토끼처럼 두 바퀴를 구르더군요. 그자가 비틀거리며 몸을 일으키려는데 거구의 시크교도가 덮쳐서는 옆구리를 칼로 두 번 찔렀어요. 상인은 신음소리 한 번 없이 넘어진 자리에서 그대로 숨졌습니다. 내 생각에는 넘어지면서 목이 부러졌을 것 같아요. 여러분, 나는 이렇게 약속을 지키는 사람입니다. 내게 유리하든 불리하든 일어난 일 그대로 사실만 말씀드리고 있어요."

스몰이 말을 멈추고 수갑 찬 손을 뻗어 홈즈가 따라놓은 위스키를 마셨다. 나는 그때 그자에게서 극도의 공포를 느꼈다. 그자가 벌인 끔찍한 사건은 물론이고, 그 사건을 아무 거리낌 없이 경박하게 떠들어대는 모습은 더욱 섬뜩했다. 어떤 처벌

을 받게 되든 간에 일말의 동정심도 생기지 않을 것 같았다. 홈즈와 존스 형사는 손을 무릎에 올려놓은 채 이야기에 깊이 빠져 있었다. 다만 표정에서는 내가 느낀 것과 같은 혐오감이 드러났다. 스몰은 그런 낌새를 차렸는지 약간 반박하는 태도로 말했다.

"아주 나쁜 짓이죠, 당연히. 하지만 그런 상황에서 보물을 거부하고 목숨을 내놓을 사람이 누가 있겠어요? 더군다나 상인이 성에 발을 들인 이상 그자와 나 둘 중 하나는 죽어야 하는 운명이었어요. 그 사람이 도망쳐 모든 일이 발각되면 나는 군사재판에 회부되어 총살을 당할 테니까요. 당시 사람들에게는 관용이라는 걸 전혀 기대할 수 없는 분위기였어요."

"하던 얘기나 계속하시오." 홈즈가 짤막하게 말했다.

"나는 칸, 아크바르와 함께 시신을 안으로 옮겼어요. 마호메트 싱은 남아서 성문을 지켰고요. 시크교도들이 미리 마련해 둔 장소로 시신을 옮기는데, 작은 키에 비해 꽤 무거웠어요. 구불구불한 복도를 한참 걸어서 텅 비어 있는 큰 홀로 들어갔어요. 벽을 이루고 있던 벽돌들이 다 무너지고, 흙으로 된 바닥 한군데가 무덤처럼 푹 꺼져 있었어요. 우리는 아흐메트를 그곳에 내려놓고 벽돌로 덮었어요. 그 일이 마무리되자 우리는 다 함께 보석을 보러 갔어요.

상인이 처음 공격을 당했던 곳에 상자가 떨어져 있었어요. 지금 탁자 위에 놓여 있는 바로 저 상자였죠. 조각을 새긴 손잡이에 열쇠를 비단 끈으로 묶어놓았더군요. 그걸로 상자를 열고 랜턴 불빛을 비추자, 퍼쇼어에 살던 어린 시절 책에서 보고 상상하던 온갖 보석들이 모습을 드러냈어요. 눈이 부실 정도였죠. 우리는 눈요기를 실컷 한 다음 모두 꺼내서 목록을 만들었어요. 최상급 다이아몬드가 무려 143개였어요. 그중에는 '무굴 황제'라 불리며 세상에서 두 번째로 크다고 알려진 다이아몬드도 있었죠. 최고급 에메랄드 97개와 루비 170개가 있었는데, 개중에는 크기가 좀 작은 것들도 있었어요. 홍옥 40개, 사파이어 210개, 마노 61개에 녹주석, 줄마노, 묘안석, 터키옥이 셀 수 없이 많았고, 지금은 이름을 알지만 당시에는 이름조차 몰랐던 보석들이 꽤 있었죠. 그게 다가 아니었어요. 최고급 진주가 300개 가까이 있었는데, 그중 12개는 금으로 된 화관에 달려 있었어요. 그런데 그 진주 화관은 누가 꺼내 갔는지 내가 보물 상자를 되찾았을 때 확인해보니 없더군요.

우리는 보석을 다 센 다음 다시 상자에 넣고, 혼자 보초를 서고 있는 마호메트 싱에게 보여주려고 성문 쪽으로 들고 나왔어요. 그러고는 다 함께 비밀을 지키겠다고 다시 한 번 엄숙하게 맹세했지요. 우리는 보물을 안전한 장소에 숨겨뒀다가 나라가 평화를 되찾으면 공평하게 나누기로 했어요. 당장 나눠봐야 소용없었으니까요. 사생활이라는 게 없는 성 안에는 보관할 곳이 마땅치 않아서 그런 값비싼 보석을 갖고 있다가 들키면 괜히 의심만 살 거였죠. 그래서 우리는 상자를 가지고 시신을 묻었던 홀로 다시 들어갔어요. 가장 잘 보존된 벽에 공간을 만들어 상자를 넣은 다음 신경 써서 표시를 해두었습니다. 다음 날 나는 한 사람이 하나씩 가질 수 있도록 도면을 네 개 그리고 맨 밑에 네 사람의 서명을 적었어요. 우리 네 사람은 보물을 공평하게 나누기 위해 항상 모두를 생각하며 행동하기로 맹세했다는 의미였어요. 나는 지금껏 그 맹세를 한 번도 어긴 적이 없어요.

세포이의 항쟁이 어떻게 끝났는지는 굳이 말씀 안 드려도 잘 아시겠죠. 윌슨이 델리를 점령하고, 콜린 경이 러크나우를 수복하자 반란의 중심 세력이 무너지고 말았어요. 신규 병력이 투입되고, 나나 사히브(세포이 항쟁을 이끈 지도자—옮긴이)는 국경을 넘어 도주해버렸죠. 아그라에는 그레이트헤드 대령이 이끄는 유격대가 진입해 반란군들을 소탕했어요. 나라에 평화가 찾아오는 듯하자, 우리 네 사람은 보물을 챙겨서 떠날 날이 얼마 남지 않았다는 희망을 품었지요. 그런데 그 희망이 산산조각 나고 말았습니다. 아흐메트 살해 혐의로 체포되고 만 거예요.

알고 보니 이런 사정이 있었습니다. 군주는 아흐메트가 믿음직스럽다고 생각해서 보물을 맡겼어요. 그런데 동양 사람들이 의심이 좀 많아요. 군주는 더 믿음직한 하인을 시켜 아흐메트를 감시하게 했습니다. 이 두 번째 하인은 아흐메트에게서 한시도 눈을 떼지 말라는 명령을 받고 그림자처럼 따라다녔어요. 그날 밤에도 상인의 뒤를 밟아 성문을 통과하는 걸 보았죠. 상인이 당연히 성 안에 은신처를 마련했을 거라고 생각한 하인은 다음 날 정식으로 출입 허가를 받고 성에 들어왔어요. 그런데 아흐메트의 행방이 묘연하자 수상하게 여기고 정찰대에 자초지종을 말했지요. 결국 사령관의 귀에까지 들어가 대대적인 수색 작업이 벌어졌고, 시신이 발견되고 만 겁니다. 그렇게 해서 우리는 이제 안전해졌다고 생각한 순간에 네 명 모두 붙잡혀 재판에 넘겨졌어요. 세 사람은 그날 밤 성문을 지키고 있었고, 나머지 한 사람은 피살자와 동행했다는 이유에서였죠. 재판에서 보물 이야기는 한마디도 나오지 않았어요. 군주가 인도 밖으로 추방되었기 때문에 보물에 관심을 가질 만한 사람이 없었던 거죠. 하지만 살인이 벌어진 건 분명하고 우리가 가담했다는 것도 확실해 시크교도 세 명은 종신형, 나는 사형을 선고받았다가 나중에 종신형으로 감형되었어요.

그때 우리는 참 기묘한 처지였어요. 대궐 같은 집에서 살 수 있는 비밀을 알고 있는 우리 네 사람이 다리에 족쇄를 찬 채다시는 바깥세상으로 나갈 수 없게 되었으니까요. 밖에 엄청난 보물이 집어가기만을 기다리고 있는데, 밥 한 끼 물 한 모금 먹으려고 비열한 교도관들의 구타를 참아내야 했으니 속이 터질 노릇이었죠. 미칠 것 같았지만 불굴의 의지로 견디며 때를 기다렸습니다.

마침내 때가 온 것 같았어요. 나는 아그라에서 마드라스로 옮겨진 후 다시 안다만 제도의 블레어 섬으로 이송되었습니다. 그곳에는 백인 재소자가 아주 드물었어요. 나는 처음부터 모범적으로 생활해 금세 일종의 특권을 누렸지요. 해리엇 산비탈에 있는 호프 타운에 막사를 짓고 생활했어요. 혼자 지내는 시간이 꽤 많았습니다. 무덥고 따분한 곳이었어요. 죄수들이 지내는 좁은 개간지 너머에는 식인 원주민들이 우글거리면서 언제든 기회만 생기면 독침을 쏘려고 했지요. 죄수들은 땅을 일구고, 도랑을 치고, 마를 재배하는 등 열두 가지도 넘는 일로 늘 바쁘게 지냈어요. 그래도 저녁에는 자기 시간을 가질 수 있었죠. 여러 일 중에서도 나는 군의관으로부터 약을 제조하는 법을 배우고 약간의 관련 지식도 습득했어요. 그러면서도 매 순간 탈출 기회를 엿보았지요. 하지만 육지와 수백 킬로미터 떨어진 섬인 데다 바다에는 바람도 거의 불지 않아 도망치는 게 쉽지 않았어요.

군의관인 서머턴 선생은 민첩하면서도 놀기 좋아하는 친구였어요. 그래서 다른 장교들이 저녁마다 선생의 방에 모여 카드 게임을 하곤 했지요. 내가 약을 제조하던 진료실이 창문 하나 사이로 바로 서머턴 선생의 거실에 붙어 있었어요. 심심할 때면 나는 진료실 불을 끈 채 그들이 나누는 이야기를 들으며 게임을 지켜보았어요. 나는 직접 카드 게임 하는 걸 좋아하지만 게임하는 사람들을 지켜보는 것도 나쁘지 않았어요. 카드 게임을 하는 사람들 중에는 숄토 소령과 모스턴 대위, 그리고 브롬리 브라운 중사가 있었어요. 모두 인도인 부대를 지휘하는 장교들이었지요. 그리고 군의관과 교도관 두세 명이 더 있었는데, 이들은 노련한 기술로 약삭빠르게 이기는 게임만 했어요. 늘 편안하고 단출한 모임이었지요.

나는 금세 군인들은 늘 잃기만 하고 민간인들이 돈을 다 따

간다는 걸 알아챘어요. 그렇다고 속임수가 있었다는 얘기는 아닙니다. 교도관들은 안다만 제도에 있으면서 줄곧 카드 게임만 했기 때문에 다른 사람의 게임하는 성향을 어느 정도 파악하고 있었지요. 반면에 군인들은 그저 시간 때우기로 하는 거라 아무렇게나 했어요. 날이 갈수록 군인들은 잃는 돈이 많아졌고, 그럴수록 더 게임에 집착했지요. 숄토 소령이 가장 많은 돈을 잃었어요. 처음에는 지폐와 금으로 시작했다가 얼마 지나지 않아 거액의 약속어음까지 썼어요. 가끔 푼돈을 딸 때도 있었지만, 그렇게 얻은 자신감으로 전보다 더 큰돈을 잃곤 했지요. 그래서 종일 화가 잔뜩 나 있고, 건강이 염려될 만큼 술을 퍼마셨어요.

숄토 소령이 평소보다 훨씬 많은 돈을 잃은 날 밤이었어요. 나는 막사에 앉아 숄토 소령이 모스턴 대위와 비틀거리며 숙소로 돌아가는 모습을 지켜보았어요. 두 사람은 절친한 친구로 늘 붙어 지냈어요. 그날은 숄토 소령이 손해가 막심하다고 한탄하고 있었어요.

'다 끝났어, 모스턴.' 내 막사 앞을 지나며 소령이 말했어요. '사직서를 내야 할 거야. 나는 쫄딱 망했어.'

'말도 안 되는 소리!' 모스턴 대위가 소령의 어깨를 두드리며 말했어요. '나도 많이 잃었어, 하지만…' 거기까지밖에 안 들렸어요. 그걸로도 내가 마음을 정하기에는 충분했지요.

며칠 뒤 숄토 소령이 해변을 걷고 있는 모습을 보고 다가가 말을 걸었어요.

'소령님, 조언을 좀 받고 싶습니다.'

'스몰, 무슨 일로?' 숄토 소령이 입에 물고 있던 궐련을 빼고 말했어요.

'숨겨진 보물이 있는데 누구에게 말씀을 드려야 할지 모르겠어요. 제가 실은 50만 파운드 상당의 보물이 어디 있는지 알고 있습니다. 그런데 저는 그걸 사용할 처지가 못 되니 관련 당국에 전달하면 감형이라도 받을 수 있지 않을까 싶은데 말입니다.'

'50만 파운드라고 했나, 스몰?' 숄토 소령이 숨이 턱 막혀 말을 제대로 잇지 못했어요. 내 말이 의심스러운지 뚫어져라 쳐다보더군요.

'그렇습니다, 소령님. 보석과 진주들이 누구든 오기만을 기다리고 있습니다. 진짜 주인이 추방을 당해서 누구든 먼저 가져가는 사람이 임자죠.'

'그럼 정부에….' 소령이 더듬거렸어요. '정부에 전달해야지.' 말은 그렇게 했지만 주저하고 있었어요. 나는 소령이 걸려들었다고 생각했습니다.

'소령님, 그러면 보석이 있는 곳을 총독님에게 알려드려야 할까요?' 나는 침착하게 물었어요.

'그게 그러니까, 자네 서두르면 안 돼. 잘못하면 후회한다고. 나한테 먼저 좀 말해보게. 있는 그대로 말이야.'

나는 이야기를 들려주었어요. 다만 장소를 알아채지 못하도록 내용을 조금 바꾸긴 했지요. 내 이야기를 다 듣고 나자 소령은 꼼짝 않고 서서 골똘히 생각하더군요. 나는 소령의 떨리는 입술을 보고 갈등하고 있다는 것을 알았어요.

'스몰, 이건 아주 중요한 문제야.' 마침내 소령이 입을 열었어요. '누구에게도 이 얘기를 해서는 안 돼. 내가 조만간 자네를 다시 만나러 오겠네.'

이틀 뒤 한밤중에 숄토 소령이 모스턴 대위와 함께 내가 머무는 막사로 찾아왔어요.

'스몰, 모스턴 대위에게 자네가 직접 얘기해주면 좋겠어.' 소령이 말했어요.

나는 소령에게 한 이야기를 다시 한 번 들려주었어요.

'사실인 것 같지?' 소령이 말했어요. '믿고 한번 해볼 만하지?'

모스턴 대위가 고개를 끄덕였어요.

'있잖아, 스몰.' 소령이 말했어요. '내가 모스턴과 얘기를 해봤는데, 자네가 아는 이 비밀은 정부가 관여할 일이 아니라 자네 개인적인 문제야. 그러니까 당연히 자네가 가장 원하는 방식으로 처리하면 되는 거야. 이제 남은 문제는 자네가 원하는 대가가 무엇이냐인데, 들어줄 수 있는 조건이라면 우리가 한번 해볼 생각이네.'

'아, 그 조건은 말입니다.' 나는 숄토 소령만큼이나 흥분되었지만 애써 침착하게 말했어요. '제 처지에서 바랄 수 있는 조건은 한 가지죠. 제가 여기서 나갈 수 있게 도와주십시오. 제 동료 세 명도요. 그러면 두 분을 우리의 동반자로 인정하고 두

분 몫으로 보물의 5분의 1을 드리겠습니다.'

'쳇! 5분의 1이라고? 그거 별로 구미가 당기지 않는걸.'

'5만 파운드씩은 챙기실 수 있을 텐데요.'

'그런데 우리가 자네를 어떻게 여기서 풀어주지? 그게 불가능하다는 건 자네도 잘 알 텐데.'

'그렇지 않습니다.' 내가 말했어요. '배와 충분한 양식만 마련해주시면 됩니다. 나머지는 제가 다 생각해뒀습니다. 캘커타나 마드라스에 가면 저희가 탈 만한 요트나 작은 범선이 많습니다. 그중 하나를 구해주십시오. 밤에 그 배를 함께 타고 나가 인도 해안가 아무 곳에나 내려주시면 그걸로 제 요구 조건은 끝입니다.'

'한 사람이라면 가능하겠군.' 소령이 말했어요.

'네 명 모두가 아니면 안 됩니다.' 내가 말했어요. '우리 넷은 늘 함께 행동하기로 맹세했습니다.'

'이봐, 모스턴.' 소령이 말했어요. '스몰은 약속을 지키는 친구야. 친구를 배신하지 않잖아. 나는 우리가 스몰을 믿어도 된다고 생각하네.'

'정당하지 못한 방법이지만, 자네 말대로 그 돈이면 우리가 빚을 갚고도 남겠군.' 모스턴 대위가 말했어요.

'이봐, 스몰.' 숄토 소령이 말했어요. '우리가 자네의 요구 조건을 들어줄 수 있는지 한번 알아보겠네. 그전에 자네의 말이 진실인지 먼저 확인해봐야겠어. 그 보물 상자를 어디에 숨겨두었는지 말해주게. 이번 달 물자 수송선이 들어오면 내가 휴

가를 내고 인도에 다녀오겠네.'

'그렇게 빨리는 안 됩니다.' 숄토 소령이 안달할수록 나는 더 침착하게 말했어요. '먼저 제 동료 세 명의 동의를 받아야 해요. 늘 넷이 함께 행동해야 한다고 말씀드렸잖아요.'

'말도 안 되는 소리!' 숄토 소령이 말을 가로막았어요. '우리끼리 합의하면 되지, 그깟 검둥이 셋이 무슨 상관이란 말인가?'

'검든 퍼렇든.' 내가 말했어요. '그들은 제게 중요한 사람들이고, 우리는 함께 갑니다.'

결국 문제를 매듭짓기 위해 우리는 다시 한 번 만났고, 그 자리에는 마호메트 싱, 압둘라 칸, 그리고 도스트 아크바르까지 모두 불러 모았어요. 우리는 문제를 다시 논의했고 마침내 합의를 봤지요. 우리 네 사람은 숄토 소령과 모스턴 대위에게 아그라 성 내부를 그린 지도를 주고, 보물이 숨겨진 곳에 표시를 해주기로 했어요. 그 지도를 가지고 숄토 소령이 인도에 가서 내 말이 사실인지 확인해보기로 했죠. 만약 보물을 발견하더라도 손대지 않기로 하고 말이죠. 작은 요트를 구해 여행에 필요한 양식을 실은 다음 루틀란드 섬에 준비시켜놓으면, 우리 넷이 가서 그 배로 탈출하고 소령은 부대로 복귀하기로 했죠. 그런 다음 모스턴 대위가 휴가를 내고 아그라에서 우리를 만나 숄토 소령의 몫까지 보물을 챙겨가기로 정했어요. 우리는 이 계획을 반드시 지키겠다고 엄숙하게 맹세했어요. 나는 밤새 지도 그리기에 매달려 아침이 되어서야 두 장을 완성했지요. 압둘라, 아크바르, 마호메트, 그리고 나 스몰까지 네 사람의 서명을 적어놓았습니다.

이런, 제가 선생들을 너무 오래 붙들고 있는 것 같군요. 우리 존스 형사님은 저를 당장 감방에 처넣고 싶어 안달이 나셨을 텐데 말이죠. 가능한 한 짧게 말씀드리겠습니다. 악당 숄토 소령은 인도로 떠난 후 돌아오지 않았어요. 얼마 지나지 않아 모스턴 대위가 내게 숄토의 이름이 우편선 탑승자 명단에 올라 있는 걸 보여주었어요. 숄토의 삼촌이 죽으면서 상당한 유산을 물려준 덕분에 군에서 퇴역한 걸로 되어 있었죠. 굳이 우리 다섯 사람과 거래할 필요가 없다는 의미였어요. 얼마 후 모스턴 대위가 아그라로 갔어요. 우리가 예상한 대로 보물은 사라지고 없었어요. 비열한 숄토 놈이 모두 훔쳐가 버렸죠. 우리가 비밀을 알려준 대가로 요구한 조건은 하나도 지키지 않은 채 말입니다. 그날부터 나는 오로지 복수만을 위해 살았어요. 밤이고 낮이고 앙갚음할 생각만 했어요. 주체할 수 없는 엄청난 앙심을 품게 되었어요. 법이고 교수형이고 개의치 않았어요. 하루빨리 탈출해 숄토를 찾아내고 내 손으로 놈의 숨통을 끊어놓겠다는 생각뿐이었지요. 숄토를 죽이고 싶은 마음이 워낙 커서 아그라의 보물은 별로 생각지도 않았어요.

나는 살면서 결심한 바를 실행에 옮기지 못한 적이 한 번도 없었어요. 하지만 이번 결심을 실행하기까지는 너무 오랜 시간 기다려야 했지요. 제가 앞서 약을 조제하는 것에 대해 조금 배웠다고 말씀드렸죠. 하루는 군의관인 서머턴 선생이 열이

나 누워 있는데, 죄수들이 숲에서 발견했다며 키 작은 원주민을 데려왔어요. 몸이 죽을 것처럼 아프니까 혼자 죽으려고 외진 곳을 찾았던 모양이에요. 마치 어린 독사처럼 독기를 품고 있는 원주민의 손을 내가 잡아주었어요. 두세 달 지극정성으로 보살펴 주었더니 걸을 수 있을 만큼 회복되었지요. 그때부터 그 원주민은 나를 따르면서 숲으로 돌아가지 않고 내 막사 주위를 배회했어요. 나는 원주민으로부터 그들의 언어를 조금 배웠는데, 그래서 원주민은 나를 더 좋아하게 되었답니다.

이름이 통가였던 그 원주민은 배를 잘 다룰 뿐만 아니라 크고 널찍한 통나무배도 한 척 갖고 있었어요. 통가가 내게 헌신적이고 나를 위해 무엇이든 할 것 같은 생각이 들자 나는 탈출 기회가 왔다고 느꼈습니다. 통가와 탈출할 방법을 논의했어요. 경비를 서지 않는 오래된 선창으로 통가가 밤에 배를 가져와 나를 태우기로 했지요. 나는 통가에게 물과 마, 코코넛, 고구마 등도 준비하라고 일러뒀습니다.

난쟁이 통가는 충직하고 성실했어요. 그렇게 믿음직스러운 친구도 없죠. 약속한 날 밤에 통가가 선창에 배를 준비시켜두었어요. 그런데 공교롭게도 교도관 한 명이 나와 있었습니다. 나를 보기만 하면 모욕을 주고 괴롭히는 악랄한 아프가니스탄 사람이었죠. 늘 복수를 하고 싶었는데 마침 기회가 온 겁니다. 내가 섬을 떠나기 전에 앙갚음할 수 있도록 마치 운명이 그놈을 거기에 세워둔 것 같았어요. 어깨에 카빈총을 멘 그놈은 나를 등진 채 제방에 서 있었습니다. 나는 그자의 머리를 내리치려고 주위를 살폈지만 마땅한 돌이 없었어요. 그때 문득 어디에다 손을 대면 흉기를 구할 수 있는지 기발한 생각이 떠올랐어요. 나는 어둠 속에서 주저앉아 의족을 풀었어요. 한 발로 세번 콩 콩 콩 뛰어서 녀석을 덮쳤죠. 놈은 반사적으로 메고 있던 총을 어깨에 올렸어요. 하지만 내가 녀석의 머리 한가운데를 제대로 가격해 두개골 앞부분이 완전히 함몰되어 쓰러지고 말았지요. 그때 충격으로 의족에 지금도 금이 남아 있어요. 나는 균형을 잡을 수 없어 그놈과 함께 넘어졌어요. 다시 의족을 차고 일어설 때까지 교도관은 아무 소리도 못 내고 누워 있더군요. 나는 배에 올라타 한 시간쯤 만에 먼바다까지 나왔습니다. 통가는 자신의 소지품을 몽땅 챙겨 왔더군요. 무기로 쓸 만한 것들과 자신이 모시는 신들도 있었어요. 통가가 가져온 물품 중에서 긴 대나무 창과 코코넛 매트를 이용해 나는 돛을 하나 만들었어요. 운에 맡긴 채 열흘 동안 항해를 계속하던 우리는 열하루가 되는 날 마침내 상선에 구조되었어요. 싱가포르에서 사우디아라비아의 지다로 말레이 순례자들을 싣고 가는 배였어요. 독특한 사람들이었지만 통가와 나는 금세 적응했습니다. 그들의 장점 중 하나는 남 일에 간섭하지 않고 아무것도 묻지 않는다는 거였죠.

나와 내 작은 친구가 겪은 일을 시시콜콜 다 얘기하면 여러분이 좋아하지 않을 것 같군요. 동이 틀 때까지 여러분을 붙잡아둬야 할 테니까요. 우리는 세계 곳곳을 돌았어요. 매번 런던에 갈 기회가 좌절되었죠. 하지만 나는 절대 포기하지 않았어요. 밤이면 숄토 꿈을 꿨어요. 꿈에서 그자를 백번은 죽였을 거예요. 그러다 지금으로부터 서너 해 전에 영국에 들어왔어요. 숄토가 사는 곳을 찾기는 그리 어렵지 않았어요. 나는 숄토가 보물을 다 팔아버렸는지 아니면 아직 갖고 있는지 확인하려고 계획을 세웠지요. 그래서 한 사람을 사귀었는데, 이름은 말하지 않겠습니다. 누군가 또 곤란해지는 건 원치 않으니까요. 그렇게 해서 나는 숄토가 아직 보석을 갖고 있다는 것을 알아냈습니다. 그 뒤로 숄토에게 복수하려고 다방면으로 애를 썼지요. 하지만 아주 교활한 숄토는 두 아들과 하인으로도 모자라 권투 선수 두 명이 항시 자신을 경호하도록 했어요.

그러던 어느 날 숄토가 죽어가고 있다는 소식을 들었습니다. 나는 급히 정원으로 달려갔어요. 창문으로 숄토가 두 아들 곁에 누워 있는 모습을 보고 내 손아귀에서 영영 빠져나가는 것 같아 미칠 지경이었습니다. 하지만 나는 잘 버텼고, 결국 세 사람이 보는 앞에서 기회를 잡았지요. 내가 노려보는 것만으로 숄토는 입이 떡 벌어지더니 숨을 거두고 말았어요. 그날 밤 나는 숄토의 방에 몰래 들어가 보물을 숨겨둔 곳을 적어둔 기록이 있나 샅샅이 뒤졌지만 한 줄도 찾지 못했어요. 몹시 비통하고 화가 났죠. 방을 나오기 전에 문득 우리 네 사람의 원한을 징표로 남기면 좋겠다는 생각이 들었어요. 나중에라도 시크교도 동지들을 만나 얘기하면 위안이 될 것 같았거든요. 그래서 지도에 적었던 것과 똑같이 종이에 네 사람의 서명이라고 휘갈겨 쓴 다음 숄토의 가슴에 꽂아뒀어요. 보물을 빼앗기고 농락당한 이들이 아무런 표시도 않고 그놈을 곱게 무덤으로 보내주면 안 될 것 같았어요.

나는 시장 같은 곳에서 가엾은 통가를 식인 검둥이라고 내세워 돈을 벌었어요. 통가는 사람들 앞에서 날고기를 먹고 원주민 춤을 추었죠. 하루 일을 마치면 모자 가득 동전들이 채워져 있었어요. 그 와중에도 폰디체리 저택으로부터 꾸준히 소식을 전해 들었어요. 몇 년 동안 보물을 찾고 있다는 내용 외에 새로운 소식이 없었죠. 그러던 어느 날 그토록 기다리던 소식을 들었습니다. 보물이 발견됐다고요. 저택 맨 꼭대기 바솔로뮤 숄토의 화학 실험실이라고 했어요. 나는 곧장 폰디체리 저택으로 가서 그 장소를 살펴보았어요. 의족을 하고 어떻게 올라갈지 막막하더군요. 그런데 다행히 지붕에 들창이 있다는 것과 바솔로뮤 숄토가 저녁 먹는 시간을 알아낼 수 있었지요. 통가를 이용하면 일을 쉽게 처리할 수 있을 것 같았어요. 나는 통가를 저택으로 데려가 통가의 허리에 밧줄을 묶었어요. 통가는 고양이처럼 지붕에 올라가 들창을 통해 방으로 들어갔지요. 그런데 운명의 장난인지 바솔로뮤 숄토가 방에 있다가 쓴맛을 보고 말았어요. 통가는 바솔로뮤 숄토를 죽인 게 아주 잘한 일이라고 생각했어요. 내가 밧줄을 타고 방에 도착했을 때 공작새처럼 거드름을 피우고 있었거든요. 내가 잔인한 놈이라고 욕을 퍼부으면서 밧줄로 후려치니까 무척 당황해했죠. 나는 보물 상자를 먼저 아래로 내린 다음 밧줄을 타고 내려갔어요. 그러기에 앞서 탁자에 네 사람의 서명을 적은 종이를 남겨

됐지요. 마침내 정당한 권리를 가진 이들이 보물을 되찾아 갔다고 알리는 표시였어요. 통가는 남아 있다가 밧줄을 걸어 올리고 창문을 닫은 다음 들어온 길로 다시 나왔죠.

더 말해야 할 게 있나 모르겠군요. 나는 뱃사공이 스미스의 증기선 오로라호가 무척 빠르다고 얘기하는 걸 듣고 탈출할 때 써먹으면 좋겠다고 생각했어요. 스미스 씨를 만나 배를 빌리기로 하고, 우리를 외국으로 떠나는 배까지 안전하게 데려다 주면 한몫 두둑하게 챙겨주기로 했지요. 스미스 씨가 수상한 낌새를 차리기는 했겠지만, 이번 일에 대해 아는 바는 전혀 없습니다. 모두 사실이에요. 내가 진실을 말하는 건 당신네들을 즐겁게 해주려는 게 아니에요. 여러분이 내게 잘해준 것도 없는데 뭣하러 그러겠습니까. 숨김없이 다 털어놓고, 숄토 소령이 내게 얼마나 못된 짓을 했는지, 그리고 소령의 아들의 죽음과 관련해 내가 결백하다는 것을 세상에 알리는 것만이 지금 할 수 있는 최선의 방어라고 생각하기 때문이오."

"무척 인상적인 이야기였소." 홈즈가 말했다. "아주 흥미진진한 사건에 잘 어울리는 결말이오. 당신이 밧줄을 직접 가져왔다는 것 말고 내게 새로운 사실은 없소이다만. 그건 내가 몰랐던 거요. 그건 그렇고 나는 지붕에 떨어뜨린 독침이 통가가 가진 전부이길 바랐건만, 배에서 우리에게 또 독침을 쐈더군요."

"그때 다 잃어버린 게 맞아요. 다만 독침을 쏘는 대롱에 하나 남아 있었던 거죠."

"아, 그럴 수 있겠네요. 그건 미처 생각 못 했어요."

"또 물어보실 부분이 있나요?" 스몰이 나긋나긋하게 물었다.

"없는 것 같소. 고맙소." 홈즈가 말했다.

"그럼 홈즈 선생." 존스 형사가 말했다. "충분히 즐거우셨죠. 홈즈 선생이 범죄 전문가인 줄 압니다만 우리도 지켜야 할 의무라는 게 있고, 또 제가 무리를 하면서까지 홈즈 선생과 왓슨 선생의 부탁을 들어드렸습니다. 이제 우리의 이야기꾼을 철창에 가둬야 마음이 편할 것 같은데요. 밖에 마차가 기다리고 있고, 아래층에 경위 두 명이 대기하고 있습니다. 두 분의 협조에 진심으로 감사드립니다. 그리고 법정에도 나와주셔야 할 겁니다. 그럼 이만 가보겠습니다."

"안녕히들 계시오, 두 선생 모두." 조너선 스몰이 말했다.

"스몰, 자네가 앞장서." 존스 형사가 방을 나서며 경계하는 목소리로 말했다. "자네가 안다만 제도에서 그 교도관에게 무슨 짓을 했든 간에, 나는 자네가 그 의족으로 내 머리를 내리치지 못하도록 각별히 주의할 거야."

나는 홈즈와 조용히 담배를 피웠다.

"이렇게 우리의 드라마가 끝이 나는군." 내가 말을 꺼냈다. "아무래도 이번 사건이 내가 자네의 수사 방법을 살펴볼 수 있는 마지막 기회인 것 같아. 영광스럽게도 모스턴 양이 내 청혼을 받아줬거든."

홈즈는 몹시 낙담했는지 앓는 소리를 냈다. "그럴까 봐 염려

했네." 홈즈가 말했다. "진심으로 축하한다고는 못 하겠어."

나는 마음이 좀 상해서 물었다. "내 결정이 못마땅한 이유라도 있나?"

"전혀 그렇지 않아. 나는 모스턴 양이 내가 본 여자들 중 가장 매력적이고, 자네가 하는 일에도 많은 도움이 될 거라고 생각하네. 그쪽에 남다른 재주를 가졌지. 아버지의 많은 유품 중에서도 아그라 성의 지도를 잘 보관하고 있었던 걸 보라고. 하지만 사랑은 감정적이야. 감정적인 건 모두 내가 가장 중요하게 생각하는 냉철한 이성에 방해가 되지. 나는 판단력을 흐리지 않기 위해 절대 결혼 같은 건 안 할 거야."

"나는 내 판단이 그런 시련을 이겨낼 거라고 믿네. 그런데 자네, 피곤해 보이는군."

"그래, 벌써 반작용이 시작됐어. 일주일은 넝마처럼 늘어져 있을 거야."

"정말 이상해." 내가 말했다. "자네의 그 놀라운 열정과 에너지가 어떻게 한순간에 나태한 사람들에게서나 볼 수 있는 그런 상태로 바뀔 수 있지?"

"내 안에는 빈둥거리는 사람과 아주 기운 넘치는 사람의 기질이 모두 들어 있거든. 이따금 괴테가 한 말을 생각하지. '아! 자연은 어찌하여 선인과 악인을 둘 다 만들기에 충분한 재료가 있었건만, 그대 하나만을 만들었단 말인가.' 그런데 말이야, 이번 노우드 사건에서 내가 짐작하던 대로 집 안에 공모자가 있었던 게 맞아. 집사인 랄 라오가 틀림없어. 그러니 이번 사

건의 큰 수확 중에서 물고기 한 마리는 확실히 존스 형사 혼자 잡은 거야. 공을 누릴 만하지.”

"이거 아주 불공평하군.” 내가 말했다. “일은 자네가 다 해놓고 나는 아내를 얻고, 존스 형사는 공을 차지했는데, 자네에게는 뭐가 남았나?”

"나에게는 말이야.” 홈즈가 말했다. “코카인이 아직 남아 있지.” 홈즈는 코카인이 담긴 약병을 향해 길고 흰 손을 뻗었다.